目次

深川繪圖
㊀ 深川大番屋(鞘番所)
㊁ 霊厳寺
㊂ 法苑山 浄心寺
㊃ 外記殿堀(外記堀)
㊄ 櫓下裾継
㊅ 摩利支天横丁
㊆ 馬場通
㊇ 大栄山金剛神院 永代寺
㊈ 富岡八幡宮
㊉ 土橋
⑪ 三十三間堂
⑫ 洲崎弁天
い 万年橋
ろ 高橋
は 新高橋
に 上ノ橋
ほ 海辺橋(正覚寺橋)
へ 亀久橋
と 要橋
ち 青海橋
り 永代橋
ぬ 蓬萊橋
横川
扇町
海辺大工町
清住町代地
北本所代地町
亥ノ堀川
一橋殿
十万坪
置場
木置場
細川越中守

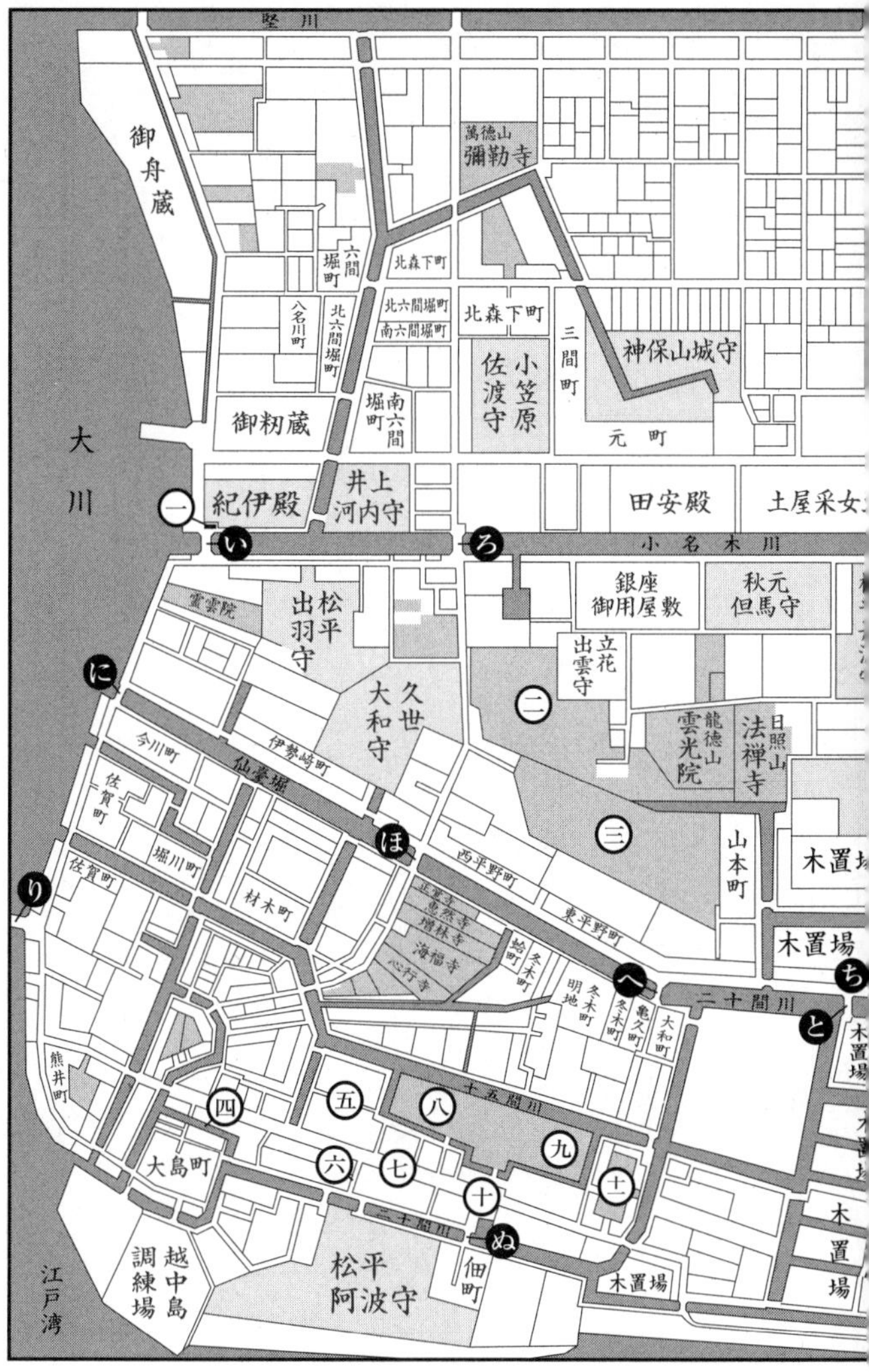

竪川
御舟蔵
萬徳山
彌勒寺
六間堀町
北森下町
八名川町
北六間堀町
北六間堀町
南六間堀町
北森下町
三間町
神保山城守
小笠原佐渡守
南六間堀町
御籾蔵
元町
大川
井上河内守
紀伊殿
田安殿
土屋采女
小名木川
霊雲院
松平出羽守
銀座御用屋敷
秋元但馬守
立花出雲守
久世大和守
能徳山雲光院
日照山法禅寺
今川町
伊勢崎町
仙臺堀
佐賀町
山本町
堀川町
西平野町
木置場
佐賀町
材木町
東平野町
正覚寺
恵然寺
増林寺
海福寺
心行寺
蛤町
冬木町
木置場
明地
冬木町
冬木町
亀久町
大和町
二十間川
木置場
熊井町
十五間川
大島町
二十間川
越中島調練場
松平阿波守
佃町
木置場
木置場
江戸湾

本文地図作製　上野匠（三潮社）

一章　血塗（ちまみ）れ賽（さい）

一

盆茣蓙（ぼんござ）の周りにひしめく客たちが、身を乗り出し固唾（かたず）を呑んで見つめている。石場（いしば）一家の賭場（とば）は欲に目をぎらつかせた者たちの、異常なほどの熱気に満ちていた。

壺を押さえた手に、壺振りが力を籠める。

「勝負」

壺を上げる。

「五六（ごろく）の半（はん）」

賽（さい）の目を、壺振りが告げた瞬間、

「いかさまだ」

壺振りの前に座った渡世人が吠（ほ）えるや、懐（ふところ）に呑んでいた匕首（あいくち）を引き抜き、賽子を突き割ろうとする。

「石場一家の賭場にケチをつけるのか。勘弁できねえ」

「賭場荒らしだ」

いきり立った石場一家の子分たちが、長脇差を手に立ち上がる。

そのとき……。

表を見張っていた子分が、

「殴り込みだ」

わめきながら飛び込んでくる。

つづいて飛び込んできた、喧嘩支度のやくざが背後から斬りかかった。

断末魔の絶叫を発して、空をつかんで見張りの子分が倒れ込む。

「やりやがったな」

長脇差を抜き連れた、石場一家の子分たちが迎え討った。

倒れた子分の骸を踏みつけ、あるいは乗り越えて喧嘩支度のやくざたちが躍り込んでくる。

殴り込んだやくざたちが、逃げまわる賭場の客たちも情け容赦なく斬り捨てていく。

「客を守れ。客を死なせたら石場一家の名折れになるぞ」
代貸らしき男が怒鳴る。
「野郎。大事な客に手を出しやがって」
斬りかかる子分を、殴り込んだやくざが、いとも簡単に斬り捨てる。
子分と殴り込んだやくざたちが入り乱れて斬り結んだ。
懸命に逃れた客数人が、賭場の出入り口へ向かって走る。
出入り口の手前で、客数人が愕然と立ちすくむ。
行く手を塞ぐように、三人のやくざが、抜き身の長脇差を手に立っている。
左右のやくざふたりが、立ち止まった客たちに斬りかかった。
悲鳴を上げて逃げる客を、やくざのひとりが背後から袈裟懸けに斬り捨てる。
のけ反った客人が、横倒しに昏倒した。
かろうじて、刃を逃れた御店の主人風の男が、出入り口の前まで走ってくる。
がっちりした体軀の、四角い顔のやくざが主人風の男の前に立ち塞がった。
「勘弁してくれ。見逃してくれ。金をやる」
懐から銭入れを取り出して、差し出す。
銭入れを握った主人風の手をつかんだ四角い顔が、

「ありがとうよ」

手を引き寄せながら、主人風の腹に、刃を上に向けて長脇差を突き立てる。

斬り裂きながら、

「銭入れごと銭をもらった、せめてものお礼だ。心ノ臓を断ち斬って楽に死なせてやるぜ」

にんまりと薄ら笑って、腕に力を込めて刀を引き上げる。

もがき呻いた主人風が、激しく痙攣するや、がっくりと頭を垂れた。

「死んだか」

肘で押しながら、四角い顔が長脇差を引き抜く。

すでに奪いとられた銭入れをつかんでいた恰好のまま、主人風がその場に崩れ落ちた。

刃を左手に持ちかえ、懐に銭入れを押し込んだ四角い顔が、再び右手に持ちかえた長脇差を下げたまま、凝然と喧嘩支度のやくざと石場一家の斬り合いを見据えている。

やくざたちに、次々と石場一家の子分たちが斬り殺されていく。

血塗れの骸が散乱し、賭場では、まさしく阿鼻叫喚の地獄絵そのものが展開されていた。

二

翌日、賭場の表で、六尺棒を手にした小者(こもの)ふたりが張り番をしている。
小者たちの両脇に敷かれた筵(むしろ)には、数人の骸がならべられていた。
運んできた骸(むくろ)を筵に横たえた小者たちが、戸板の前後を持って、再び賭場へ入っていく。

賭場のなかでは、深川鞘番所北町(ふかがわさやばんしょきたまち)組支配の、北町奉行所与力大滝錬蔵(おおたきれんぞう)と配下の北町奉行所同心溝口半四郎(みぞぐちはんしろう)、松倉孫兵衛(まつくらまごべえ)、八木周助(やぎしゅうすけ)、小幡欣作(おばたきんさく)の五人が、黙々と骸あらためをしていた。

大川に架かる新大橋(しんおおはし)の近く、万年橋(まんねんばし)のそばにある深川大番屋(おおばんや)は、俗に深川鞘番所と呼ばれていた。

その万年橋が架けられた小名木川(おなぎがわ)の対岸、小名木川が大川(おおかわ)に流れ込む際に舟蔵(ふなぐら)

があった。

舟蔵は、舟を納めるところから刀の鞘にたとえられて〈鞘〉ともいわれている。

その舟蔵が近くにあることから、いつしか深川大番屋は、深川鞘番所といわれるようになったのだった。

賭場のなかには、まだ七体、骸が転がっていた。

あらため終えた骸は、小者たちが戸板に載せ、賭場の表に運び出している。

骸あらための手を止めて、錬蔵が立ち上がった。

溝口たちに視線を走らせる。

「もう一踏ん張りで終わるが、ここらで一休みしよう。賭場に詰めていた石場一家の代貸と子分八人、賭場の客二十四人、合わせて三十三人が殺されている。多人数の骸あらため、一気にすすめたいところだが、そうもゆくまい」

顔を錬蔵に向けて、鞘番所北町組同心のなかで年嵩（としかさ）の松倉が声を上げた。

「半月前に永居（ながい）一家の賭場が荒らされたときと同じです。賭場にいたとおもわれる者すべてが殺されている。手がかりのひとつもない。探索が長引きそうですね」

　脇から溝口が口をはさんだ。

「それにしても徹底した殺し方ですね。必ず止めを刺している」

　溝口は一刀流免許皆伝の腕前で、その強さを誇るあまり、考えるより先に手が出る気配があった。

「たぶん下手人たちは顔を隠していなかったのだ。顔を見られたために、後々の面倒を避けるべく、みんなの息の根を止めたのだろう」

　応じた錬蔵に松倉が声をかけた。

「聞き込みに歩いている前原と安次郎が、賭場荒らしを見かけた者を見つけてくれれば、手がかりになるのですが、何せ深更のこと、そう簡単には見つかりますまい」

「永居一家の賭場でも、一家の子分と客たち四十人ほどが、賭場荒らしに斬り殺されている。ひとりでできることではない。少なくとも賭場荒らしは十人ほどいたはずだ。徒党を組んでの動き、どこかで誰かに見られているはずだ」

「しかし、永居一家のときも、徒党を組んだ奴らを見た者を見つけられませんでした。今度も、同じような気がする」

「いや、必ず見つけ出せます。みんなして聞き込みにまわれば、見た者を探しだすことができます。そう信じています」

相次いで八木と最年少の小幡が声を上げた。

「小幡のいうとおりだ。必ず見つけ出せる、と信じて動きまわるしかない」

見渡して告げた錬蔵のことばに、一同が無言でうなずいた。

口調を変えて、錬蔵がいった。

「骸あらためにもどろう」

再び錬蔵が、骸の傍らに片膝をついた。

骸あらためを始める。

溝口ら同心たちが、錬蔵にならった。

三

石場一家の賭場は、蛤町(はまぐりちょう)の対岸、大島川(おおしまがわ)沿いの通りに面して建つ、尾張(おわり)藩抱え屋敷のそばにある。

界隈(かいわい)には、武家屋敷が建ちならんでいた。

賭場近くの大島川沿いの河岸道を行ったり来たりしながら前原は、屋敷から出てきた中間を、片っ端からつかまえては聞き込みをかけている。

すでに陽は西空に傾きかけていた。

朝五つ（午前八時）過ぎから聞き込んでいるにもかかわらず、やくざの一群を見かけた者はひとりもいなかった。

一方、安次郎は対岸の大島町の河岸道で聞き込みにあたっていた。安次郎は、以前は竹屋五調という源氏名を持つ男芸者だった。縁あって錬蔵と知り合い、いまは、錬蔵の手先として働いている。

男芸者だっただけに、安次郎は遊所で働く男衆や芸者たちに顔がきき、独自の探索網をもっていた。

大島町には、深川七場所のひとつに数えられる石場があった。深更まで酔客たちがぶらついている。

そんな酔客たちの誰かが、引き揚げていく男たちを見かけたかもしれなかった。

酔客たちだけではない。安次郎は河岸道沿いにある茶屋や局見世などを覗いて、男衆や下働きの女たちに、

「昨夜、真夜中までいて帰った見知った客はいるか」

と訊いてまわり、さらに、

「真夜中の九つ過ぎに見世を出た奉公人のなかで、腰に大刀か長脇差を帯びた男たちを見た者はいないか」

と問いつづけた。

が、いずれの問いかけにも、見世の者たちは、

「その刻限に帰ったお客さんはいません」

「お尋ねの刻限まで働いているのは、ほとんどが泊まりの奉公人で、よほどのことがないかぎり途中で帰る者はいません」

と異口同音にこたえたものだった。

(どうやら無駄足に終わったようだな)

暮六つ(午後六時)を告げる時の鐘が聞こえてくる。

局見世の聞き込みを終えて河岸道に出た安次郎は、

(前原さん、何か聞き込めたかな)

そうおもいながら、前原が聞き込みをつづけている向こう岸を見やった。

夕闇のなか、尾張藩抱え屋敷の大廈(たいか)が威容を誇って聳(そび)えている。

いま安次郎がいる場所からは、尾張藩抱え屋敷の陰になって石場一家の賭場は見えなかった。

安次郎は、いまだに聞き込みをつづけているであろう前原に、おもいを馳せている。

大島川から二十間川沿いの通りまで足をのばした前原は、松平阿波守の抱え屋敷あたりの聞き込みを終えた後、佃町に足を踏み入れた。

前原は、かつて北町奉行所で、錬蔵配下の同心であった。

が、ふたりの子をなした仲の妻が、渡り中間と不義密通して逐電したことを恥じて職を辞し、行方をくらました。

その一徹な気質ゆえ、錬蔵が上役や同役から疎まれ、左遷されて鞘番所北町組支配として深川に着任してきたときに再会し、以後は錬蔵お抱えの手先として動き始めたのだった。

佃町は、深川のなかでは、もっとも新たに築地された場所で、川沿いに建ちならぶ武家屋敷の裏手から洲崎弁財天にいたる砂州は、人が住むことを禁じられた一帯であった。

そのこともあってか、佃町は俗に〈海〉と呼ばれていた。

佃町と、南松代町代地との境にある茶屋の男衆に声をかけた前原は、

「真夜中に長脇差を帯びたやくざが五、六人連れだって歩いていた。尾張藩抱え屋敷のほうからやってきた」

と聞き込んでいた。

（手がかりを得た）

と喜んだ前原は、次の瞬間、あることに気づいた。

佃町には佃一家がある。その一家の子分たちかもしれない。が、前原は佃一家の賭場は、平野橋近くにあることもおもい出していた。

（男衆が見たやくざたちは、佃一家の子分たちかもしれない。しかし、佃一家の子分だったら、洲崎弁財天のほうから歩いてくるはずだ。平野橋近くにある賭場から歩いてきて佃一家に帰っていったとしたら、男衆の目にとまるはずがない。佃一家は佃稲荷の裏手にある）

胸中でつぶやいた前原は、漁師小屋に擬した佃一家の賭場へ向かった。

いったん賭場へ行き、そこから佃一家まで自分の足で歩いて、見かけたという茶屋の男衆とやくざたちが出くわすはずはない、ということをたしかめようとし

ている。

空が黒みをましていく。

黙々と歩を運んでいく前原の姿も、いつしか周りに溶け込み、黒い影と化していった。

四

あらため終えた骸を賭場から鞘番所へ運ばせた錬蔵は、骸の後始末の仕切りを溝口にまかせて、〈河水楼〉へ出かけた。

河水楼に、藤右衛門がいるかどうかわからない。が、錬蔵は今日のうちに藤右衛門をつかまえて、どうしても訊きたいことがあった。

藤右衛門は、深川七場所に八軒の茶屋を有する、深川の顔役ともいうべき存在だった。顔役といっても、やくざの親分ではない。深川の岡場所で商いをする茶屋や局見世の、いわゆる目付役的な人物であった。

立場上、藤右衛門は深川にある茶屋や局見世、芸者の置屋や小料理屋などにかかわる実情には精通している。

いま深川の岡場所で何が起きているか。鍊蔵は、その実態を知るために、藤右衛門に会いに行くのだった。

この半月の間に、深川の一角を縄張りとする博徒一家の賭場が、二度襲われている。

まず、半月前に永居一家、昨夜は、石場一家の賭場が荒らされた。

二ヶ所とも、賭場を仕切っていた代貸と子分、客たちが皆殺しにあっている。

永居一家の賭場では、茶屋〈桝居〉の主人が殺されていた。

石場一家の賭場では、子分たち以外の骸の身元は判明していなかった。

骸あらためのさなかに、

「昨夜、賭場に行くといって出たきり、主人がもどってこないので捜しにきました」

と、茶屋〈梅本〉の男衆がやってきたことで、ひとりの身元がわかった。

永居一家の賭場荒らしのときと同様、石場一家の賭場でも、茶屋の男衆に骸あらためをやってもらった。

結果、

「見世の主人でございます」

と認めたのだった。

賭場荒らしとは、一切かかわりのないことだが、錬蔵には気にかかっている一件があった。

三ヶ月ほど前に、門前仲町にある〈小紅楼〉という茶屋の主人が、掛け取りに行った帰りに、辻斬りにあっている。

集金した金子と主人の銭入れが盗られていたことから、金目当ての殺しと同心たちは決めつけていた。

が、錬蔵は、下手人が主人を袈裟懸けに斬り捨てた後、のどに刃を突き立て、止めを刺していることに、引っ掛かるものを感じていた。

（切り取り強盗なら、金だけ盗ればいいものを、念を入れて止めまで刺している。確実に息の根を止める。それが下手人の狙いだったような気がする）

相次いだ賭場荒らしで、茶屋の主人ふたりが殺されていた。

辻斬りにあった小紅楼の主人と、賭場で斬られたふたりの茶屋の主人。殺された茶屋の主人三人がどこかでつながっているのではないか。そんなおもいにとらわれながら、錬蔵は歩みをすすめている。

五

藤右衛門は、河水楼の主人控えの間にいた。

向かい合って座るなり、錬蔵が藤右衛門に訊いた。

「深川の岡場所で気になる動きはないか。商いのことでも何でもいい」

「佃で茶屋二軒と局見世三軒をやっている、松浪屋甚三郎という漁師上がりの男が土橋の茶屋〈桝居〉を買い取ろうとしています。他にも三月前に、主人が辻斬りに殺され、いまは芸者上がりのお滝という女主人が見世を切りまわしている小紅楼にもちょっかいをかけています」

「松浪屋は小紅楼も買い取ろうとしているのか」

問うてきた錬蔵に、藤右衛門が応じた。

「そうです。十年前に局見世を始めた甚三郎は、それから二年後に、酔って江戸湾へ釣りに出かけ、釣り上げた魚の重みで海に落ちて溺死して主人がいなくなった茶屋を買い取り、屋号を〈松浪屋〉とあらため、茶屋稼業に仲間入りしたのです。さらに一年後に局見世を一軒。二年めに局見世をもう一軒買い、三年前に、新たに茶屋を一軒買っています。まさに順風満帆の勢いですが、ただ」

苦い笑いを浮かべて藤右衛門がことばを切った。

「ただ、何だ」

問いかけた錬蔵に、苦虫を嚙み潰したような顔つきで藤右衛門がこたえた。

「松浪屋甚三郎の商いのやり方は強引すぎます。松浪屋は、佃一家の親分鮫八とは幼なじみで、ふたりとも漁師上がりです。これは、あくまでも噂ですが、松浪屋が最初に手に入れた局見世は、佃一家の賭場で大負けした主人から脅し取ったと聞いています」

「脅し取ったとは聞き捨てならぬ話だな」

訝しげな響きが錬蔵のことばに含まれていた。

笑みをたたえて藤右衛門がいった。

「あくまでも噂でございます。実は私も、佃の漁師上がりの身。同じ漁師上がり同士、松浪屋のあくどいやり口が気になっても、見て見ぬふりをしてきました。が、今度ばかりは見過ごすわけにはいきませせぬ」

「見過ごすわけにはいかぬとは？」

問いかけた錬蔵を見つめて、藤右衛門が告げた。

「小紅楼にちょっかいを出していることです。お滝は、お紋同様、私がなにくれと目をかけていた芸者でした」

錬蔵は、お紋から聞かされて、小紅楼のお滝のことは知っていた。姐さん格の芸者だったお滝は、芸者になりたての頃のお紋を可愛がり、引き立ててくれたという。

小紅楼の若旦那と相思相愛の仲になったお滝は、三年前に落籍されて祝言を挙げた。

半年後、小紅楼の先代の主人が風邪をこじらせて死に、さらに半年後に、後を追うように女将を務めていた先代の女房が、心ノ臓の病で急死した。

茶屋の男衆から小紅楼の主人に上り詰めた先代をたすけて、女房も女将として働きづめに働いてきた、その無理がたたったのだろうと、女房を知る者たちは、噂し合った。

跡を継いだ亭主をたすけて、お滝も女将としての職分を果たしつづけてきた。先代からの客はもちろん、行き届いた客あしらいが評判になって新たな客も増えてきた三ヶ月前、亭主が辻斬りにあって死んだ。

「小紅楼のお座敷を、他の茶屋の呼び出しよりも大事にしなきゃ。それがあたしができる、お滝姐(ねえ)さんへのせめてもの恩返し」

といったときのお紋のおもいつめた様子が、錬蔵の脳裏に焼きついている。

(いまは藤右衛門の話の腰を折らぬようにするべきだ)

そう判じた錬蔵は黙然(もくねん)と、藤右衛門の話に耳を傾けている。

「女の細腕で、必死に小紅楼を支えるお滝に、嫌がらせをしている破落戸(ごろつき)たちがいるのです。その破落戸たちを、陰から動かしているのが松浪屋だとおもわれるふしがあるのです」

すべて松浪屋の企みではないかと推測したわけを藤右衛門が話し出した。

主人が死んでから一ヶ月ほど過ぎた頃、破落戸たちの嫌がらせが始まった。

それから数日後に、松浪屋が突然やってきて、

「小紅楼を買いたい」

と申し入れてきた。

即座にお滝が断ると、翌日から、破落戸たちの嫌がらせは、ますますひどくなった。

破落戸たちは、小紅楼に客がやってくると因縁(いんねん)をつけて見世に入れないように

する。

他の破落戸は、見世の前で野博奕をして奇声を張り上げていた。

たまりかねたお滝から相談された藤右衛門は、猪之吉や政吉など配下の男衆に命じて、何度か破落戸たちを追い払った。

が、猪之吉たちがいなくなると、破落戸たちはすぐにもどってきて、嫌がらせを始める。

そんないたちごっこが、この二ヶ月の間、繰り返されていた。

「松浪屋はなかなか尻尾はつかませぬはず。当分の間、いたちごっこをつづけるしかないでしょうな」

話し終えた藤右衛門が、苦笑いを浮かべた。

「おれのほうでも、内々で松浪屋を調べてみよう。おおっぴらに調べまわれば、痛くもない腹を探られた、鞘番所は依怙贔屓している、と松浪屋たちに、逆にねじ込まれるかもしれないからな」

告げた錬蔵を見つめ返して、藤右衛門がいった。

「私もそうおもいます。小紅楼に何かあったら、政吉を走らせます。そのときは、出張ってください」

「承知した」

厳しい面持ちで錬蔵が応じた。

六

鞘番所の北町組支配の用部屋で、錬蔵と向かい合って溝口、松倉、八木、小幡が、その斜め後ろに安次郎と前原が座っている。

すでに深更四つ（午後十時）を過ぎているというのに、合議は始まったばかりだった。

自身番へ骸を運び込み、引き取りにきた者たちに対処するよう錬蔵から命じられていた溝口が、報告の口火を切った。

「骸を賭場近くの自身番に運び込んでほどなくして、茶屋梅本の男衆の頭が主人の骸を引き取りにきました」

さらに溝口は、夜五つ（午後八時）まで骸の引き取りに立ち会ったが、引き取りにきたのは石場一家の子分たちだけだったこと、その子分たちに骸の顔あらためをさせ、知っている者たちの名と住まいを聞き出したこと、身元のわかった骸の家人のところに自身番の小者たちを走らせたこと、夜五つになったので、その後の骸の扱いを自身番の大家たちにまかせて引き揚げてきたことなど話しつづけた。

安次郎と前原は異口同音に、賭場が襲われた後、しばらくしてから、やくざたちが十人ほど佃沖寄りの大島川沿いの道を、洲崎弁財天のほうへ歩いていく姿を見かけた酔っ払いや中間がいると告げた。

聞き終えた錬蔵は、骸あらためを終えた後、半月前に荒らされた永居一家の賭場でも茶屋桝居の主人が斬り殺されていたことが気にかかっていたため、河水楼に藤右衛門を訪ね、

「最近深川で、いつもと違うことが起きていないか」

と問うたら、

「佃で局見世三軒と松浪屋など二軒の茶屋をやっている松浪屋甚三郎という男が、佃以外の深川七場所にある茶屋を手に入れようとしています。土橋にある桝居と、門前仲町にある小紅楼に目をつけて仕掛けています」

といっていたこと、桝居の主人は賭場で殺され、小紅楼の主人は辻斬りにあい、ともに非業（ひごう）の死を遂げていることなどを話した後いった。

「疑わしいとおもったら、ひとつひとつ調べて疑いを消していくしかない」

前原が声を上げた。

「おもい出した。松浪屋の掛け取りは厳しいと評判です。無頼浪人たちが屯している、付け馬道場と異名をとる一刀流の道場に、払いの悪い客の取り立てをやらせているという噂を耳にはさんだことがあります」

「そうか。松浪屋にはそんな噂もあるのか」

一同を見渡して錬蔵が告げた。

「明日から溝口と八木は桝居を、松倉と小幡は小紅楼を張り込んでくれ。前原は深川のやくざ一家をまわって、賭場に殴り込んだやくざたちについて聞き込みをかけるのだ。おれと安次郎は永居一家と石場一家に出向き、賭場を荒らされる前に、何か変わったことが起きなかったか聞き込みをかける」

一同が強く顎を引いた。

七

翌朝五つ半（午前九時）過ぎに鞘番所を出た錬蔵と安次郎は、永居一家に聞き込みをかけた。

　賭場を襲った者たちについてこころあたりがあるかと、親分や兄貴分たちに訊いたが、異口同音に、

「どこの誰がやらかしたのか、見当がつかない」

　とこたえるだけだった。

　親分たちの様子から判断して、嘘をついているとはおもえなかった。

「どんなことでもいい。賭場を荒らされるかもしれない、と疑念を抱いたようなことをおもい出したら、ほんのわずかなことでもいい。知らせてくれ」

　と親分にいいおいて、安次郎とともに永居一家を後にした錬蔵は、その足で石場一家へ向かった。

　石場一家の親分富五郎(とみごろう)は、

「この深川に一家を構えている同業のなかに、賭場荒らしを仕掛けてくるような奴らがいるとはおもえません。深川のやくざは、それぞれの一家が岡場所を一ヶ所ずつ、縄張りにしています。縄張りを広げようとして、みょうな動きを始めようものなら、他の深川にあるやくざの一家全部を敵にまわすことになりかねない。同業の親分衆も、そのことはわかっているはずで」

そこでことばを切った富五郎が、うむ、と首を傾げて、

「そんなわけで、賭場をどこの誰が荒らしたか、さっぱり見当がつきやせん」

と永居一家の親分たちと同様の話をした。

永居一家と石場一家からは、前原が聞き込んできた、

〈長脇差を腰に帯びたやくざたち〉

についての手がかりは何ひとつ得られなかった。

が、賭場荒らしとはかかわりはないが、永居一家と石場一家は共通の厄介ごとを抱えていた。

この数ヶ月、佃町を縄張りとする佃一家の子分たちが、頻繁に縄張りうちにやってきて、永居一家や石場一家の子分たちを見かけてはしきりに因縁をつけ、喧嘩を仕掛けてくるというのだ。

「おそらく縄張りを広げようとして、やっていることだろう」

それが、永居一家と石場一家の親分たちの見立てだった。

佃一家の親分は、松浪屋の幼なじみの佃の鮫八である。

「陰で松浪屋が糸を引いているかもしれぬ。あてのない話だが、佃一家の子分たちが喧嘩をしているところを見つけ出し、捕らえて、何のためにしでかしている

ことか問いただそう」

石場一家を後にしたときに、錬蔵がいい出した。

「ひょっとしたら、賭場荒らしをやった連中の手がかりがつかめるかもしれません。探索に無駄は付きもので」

にやり、とした安次郎に、錬蔵が無言でうなずいた。

歩き出した錬蔵に、安次郎がつづいた。

八幡(はちまん)一家から不動(ふどう)一家へと、懇意(こんい)にしている一家を訪ね歩いた前原だったが、長脇差を腰に差したやくざたちの噂のひとつも得られなかった。

ただ気になる話を聞き込んでいた。

佃一家の子分たちが、ちょくちょく縄張りうちにやってきて、我が物顔に歩きまわっているというのだ。

「あまり目に余ったら、痛い目にあわせて追い払いますがね」

八幡一家と不動一家の代貸が、それぞれ口にした。

「佃一家の子分たちは喧嘩のきっかけをつくろうとしているのだろう。こちらから仕掛けたら、相手の思う壺かもしれぬぞ」

そうたしなめた前原に、代貸たちは一様に渋い顔でうなずいた。

が、そうはいったものの前原は、佃一家の子分たちの動きに引っ掛かるものを感じていた。

不動一家を後にした前原は、佃一家を見張るべく歩を移した。

佃一家を張り込んでから、半刻（とき）（一時間）ほど過ぎている。

町家の外壁に身を寄せていた前原の目が、大きく見開かれた。

一家から出てきた数人の子分が、いずれも剣呑（けんのん）な顔つきをしている。

（何か悪さを仕掛けるつもりかもしれぬ）

そう判じた前原は、気づかれぬほどの隔（へだ）たりをおいて、子分たちの後をつけ始めた。

二章　面影追い

一

小紅楼のそばで、五人の遊び人とおもわれる男たちが野博奕をやっている。

少し離れて、いかにも悪党面の破落戸五人が、小紅楼の表戸の脇に立ち、往来する者たちに目を走らせていた。

そんな男たちを見張ることができる、小紅楼の向かい側の通り抜けに松倉と小幡は張り込んでいる。

昼四つ（午前十時）過ぎに、松倉たちが小紅楼にやってきたときには、すでに野博奕の男たちと破落戸たちは、いまいる場所にいた。

堂々と張り込む場所に身を置いた松倉と小幡を、破落戸たちは、ちらり、と見たきり、その場を動こうとはしなかった。

昼飯どきになったら、破落戸や遊び人たちは、ひとりずつ交代で、その場から抜け出していく。おそらく飯を食いにいっているのだろう。

その後、何事もなく時が過ぎて、暮六つ（午後六時）を告げる時の鐘が鳴り終わった。

「お紋さんがきた」

見張っていた小幡が振り返って、松倉に声をかけた。

「客に呼ばれたのだろう。そろそろ奴らが動き出すぞ」

地面に腰を下ろし、町家の外壁に寄りかかって一休みしていた松倉が、立ち上がって小幡の肩越しにお紋を見やった。

次の瞬間……。

松倉の目が大きく見開かれた。

小紅楼に入ろうとしたお紋に、表戸の脇に立っていた破落戸のひとりが、仲間から突き飛ばされたかのようなふりをしてぶつかった。

よろけたお紋が踏みとどまる。

「すまねえ。勘弁してくんな。簪（かんざし）が落ちそうだ。なおしてやらあ」

のばしてきた破落戸の手を、

「おおきなお世話さ」

声を高めたお紋が、平手で強く払いのける。

「痛ててて。何をしやがる。このアマ、お仕置きしてやる」

大袈裟に痛がった破落戸がお紋につかみかかる。

「調子に乗るんじゃないよ」

破落戸の頬を、お紋が平手打ちした。

不意をくらってよろけた破落戸が、

「なめやがって。ただじゃおかねえ」

怒って、お紋に体当たりをくれた。

通りにお紋が倒れ込む。

「くそっ、何するんだ」

睨みつけたお紋に、

「威勢がいいな。鼻っ柱を叩き折ってやるぜ」

凄みながら男が近寄る。

「お紋さんが、危ない」

声を上げ、小幡が通りへ飛び出す。

つづいて出てきた松倉の足が止まる。

不意に小幡が立ち止まったからだった。

駆け寄ってきたのか、ふたりの前に野博奕をやっていた遊び人たちが、横ならびになって立ち塞がっている。

「どけ」

怒鳴った小幡に遊び人の頭格が薄ら笑いで応じた。

「おのれ、許さぬ」

小幡が大刀の柄に手をかけたとき、

「痛え。やりやがったな」

突然、破落戸のわめき声が聞こえた。

小幡が目を向ける。

倒れたお紋が小石を拾って、男に投げつけたところだった。

破落戸の額から血が滲み出ている。お紋が投げた小石が当たったのだろう。

投げられた小石から身を躱した破落戸が、

「勘弁できねえ。可愛がってやるぜ」

覗き込むようにして、お紋に襲いかかる。

「相手は売れっ子芸者だ。念入りにいたぶってやれ」

破落戸のひとりが声をかける。

のしかかり、お紋の襟を押し開こうとした破落戸が、突然、呻き声を上げ、がっくりと倒れ込んだ。

破落戸の躰を押しのけて半身を起こしたお紋に、声がかかる。

「お紋、大丈夫か」

顔をもたげたお紋が、

「藤右衛門親方」

と、驚きの目を見張った。

すぐそばに藤右衛門が立っている。その手に、鉄の煙管が握られていた。煙管の先が血に染まっている。おそらく、藤右衛門は背後から、お紋に覆い被さった破落戸の脳天に、力まかせの一撃をくれたのだろう。

藤右衛門たちに駆け寄った破落戸たちの前に、遊び人たちを蹴散らした小幡が立ち塞がる。

「逆らえば、斬る」

小幡が手にした大刀を、破落戸のひとりに突きつけた。

破落戸たちがひるんで、顔を見合わせる。

そのとき、呼びかける松倉の声がかかった。

「近くの自身番にこいつらを運び込む。手伝え」

破落戸たちが顔を向けた。

抜き身の大刀を手にした松倉の足もとで、倒れた遊び人たちが激痛に呻いている。

「早くしろ。こいつも運ぶのだ」

突きつけた大刀を小幡が、さらに近づける。

あわてて破落戸たちが、ひとりを残して遊び人たちのほうへ走って行く。

残った破落戸が、お紋に襲いかかった破落戸を抱え起こし、腋の下に肩を差し入れた。

顔を藤右衛門とお紋に向けた小幡が、早く去れ、といわんばかりに顎をしゃくる。

うなずいた藤右衛門と会釈したお紋が、小紅楼に入っていった。

「ぐずぐずするな。手伝った奴らは自身番で解き放ってやる。逆らったり、芸者に乱暴した奴らは、自身番に留め置いて取り調べる。ぐずぐずするな」

大刀をかざして、小幡が声を荒らげた。

二

小紅楼の主人控えの間で、上座に藤右衛門、その斜め左右にお紋と女将(おかみ)のお滝が向かい合って座っている。

「何かにつけて相談にのっていただき、ありがとうございます」

藤右衛門に深々と頭を下げたお滝が、お紋に顔を向けてことばを重ねた。

「お紋ちゃんも。ありがとうね。呼んだら必ずうちの座敷に顔を出してくれて。このところ、他の売れっ子の芸者衆は、破落戸たちに嫌がらせされるので勘弁してくれ、といってきてくれないことが多いのよ」

「お滝姐(ねえ)さんが芸者だった頃には、ずいぶん可愛がってもらった。ほんの恩返しのつもり」

笑みをたたえてお紋が応じた。

脇から、藤右衛門がお滝に話しかけた。

「見世の売り上げも落ちているだろう。わしもできるだけのことはするつもりだが、何度追っ払っても破落戸たちはやってくる。うちの男衆も手一杯で、悪いが破落戸を追い払うために二六時中、小紅楼へ差し向けるわけにはいかない。ところで、相次いで辞めていった男衆の代わりは見つかったのかい」

「それがまだ手当てがつかないんです。先々代のときから奉公してくれている嘉吉が、あちこちに声をかけて、働いてくれる男衆を探してくれているんですが、うまくいかなくて」

「辞めていった男衆は破落戸たちに脅されたに違いない。いつのまにか見世に顔を出さなくなって、それきり音沙汰がない。給金もとりにこないし、そうとしか考えられない、と嘉吉がいっていたが、当たらずといえども遠からずといったところだろう」

　うむ、と首を傾げた藤右衛門が口調を変えてつづけた。

「ところで、昼過ぎに嘉吉が届けにきた文には〈昨日、松浪屋甚三郎が突然やってきて、小紅楼を売ってくれ、と申し入れてきた。松浪屋が、見世を売ってくれといってきたのは、これで三度目。『買い手がつく間に売ったほうがいいよ。このところ客が減っていると聞いている。女の細腕で、傾きかけた小紅楼を支えきれるのかね。またくるよ』といって引き揚げていった。きっぱりと断りたいので、知恵と力を貸してくれ〉と書いてあったが、何をやればいいんだい」

唇を真一文字に結び、厳しい顔つきになって、お滝がいった。

「ありがとうございます。あたしが、松浪屋に『小紅楼を売る気はない』と断りを入れるときに、立会人として藤右衛門親方に同座してもらいたいのです。お願いできますか」

「引き受けよう。ただし、松浪屋は一筋縄ではいかない男だ。何かいい手はないか、わしにも考えさせてくれ」

包み込むような眼差しで、藤右衛門がお滝を見つめた。

ふたりのやりとりを見つめていたお紋のなかで、不意に浮かび上がったおもいがあった。

お滝を見やった藤右衛門の眼差しの奥に秘められたおもいと、酷似したおもいを秘めた眼差しで何度も見つめられたことを、お紋はおもい出していた。

そんな眼差しでお紋を見つめてくれる相手は、深川鞘番所こと深川大番屋北町組支配大滝錬蔵の他にはいなかった。

お紋とは相思相愛の仲であった。

そんな錬蔵の眼差しと藤右衛門の眼差しが重なったとき、お紋は、十数年前、芸者に成り立ての頃に、何かと気をつかってくれた藤右衛門の女房のお節のことをおもい浮かべていた。

「辛いことがあるだろうけど、頑張るんだよ。うまいものでもお食べ」

と河水楼から帰るときに、お節は何度も、さりげなくお紋の掌に小銭を握らせてくれた。

優しげに微笑んだお節と、可愛がってくれている姐さん芸者のお滝の面差しが似ている。お節と会うたびに、いつもお紋は、そうおもったものだった。

それから二年後、お節は風邪をこじらせて急死した。藤右衛門が、二軒目の茶屋を持ったばかりの頃だった。

亭主の藤右衛門をたすけて、お節は働きづめに働いていた。その無理が重なった結果の早死にだろう、という噂がお紋の耳にも入ってきた。

いまでもお紋は、お節の優しげな面差しを忘れてはいない。

脳裏に焼きついていたお節の面影を、お滝のなかに見いだしたとき、お紋は、

(ひょっとしたら、藤右衛門親方はお滝姐さんのことを好きなのかもしれない)

というおもいを抱いた。

決して口に出してはいけないこと。瞬時にお紋は、抱いたおもいを強く封じ込

めた。

何も気づかぬ風をとりつくろって、お紋は藤右衛門を見つめた。

「松浪屋甚三郎は、おれと同じで、佃の漁師上がりだ。同じ漁師上がり同士、腹を割って話せばわかり合えることもあるかもしれない」

独り言のようにつぶやいた藤右衛門が、お滝を見つめてことばを継いだ。

「お滝さんをまじえて松浪屋と会う前に、わしひとりで松浪屋と会って話してみるよ」

「よろしくお願いします」

再びお滝が頭を下げた。

「とりあえず、動いてみよう」

笑みをたたえて藤右衛門が応じた。

そんな藤右衛門とお滝を、さまざまなおもいを秘めて、じっとお紋が見やっている。

三

　土橋にある茶屋桝居を張り込んでいる溝口は、苛立ちを露わに吐き捨てた。

「何て奴らだ。おれたちが張り込んでいることがわかっているのに、野博奕をやめようともしない。見世の脇に立って、睨みをきかせている破落戸どもも、おれたちのことを気にもしていない。鞘番所もなめられたものだな」

　傍らに立つ八木が、なだめるようにいった。

「いまのところ破落戸どもも野博奕の連中も、目に余るようなことはしていない。どんな具合か様子を見るしかないだろう」

「動き出すまで待つしかないか」

　舌を鳴らして、溝口が黙り込んだ。

　すでに暮六つ（午後六時）は過ぎている。岡場所にある見世見世では、かき入れのころあいであった。

　が、桝居に入る客はいなかった。やってくる客がいなかったわけではない。桝居に入ろうとする男がいると、破落戸五人が話に夢中になっているふりをして、桝居の表を塞ぐように、さりげなく脇から出てくる。

男が脇をすりぬけて桝居に入ろうとすると、破落戸たちが凄みをきかせて睨みつけた。

困惑して立ち止まった男に、野博奕をやっている遊び人たちが、賽子博奕の手を止めて、

「これから芸者相手に、しっぽり濡れるのか」

「羨ましいねえ」

などと冷やかす。

この男同様、いままでやってきた客数人が、これ以上からまれるのが厭なのか、桝居の前から離れていった。

「客がきた」

声を上げた八木に、

「どうせ、睨みつけられて、すごすごと引き揚げていくのがおちだろう」

投げやりな口調で溝口が応じた。

退屈なのか、両手を上げて溝口が大きく背伸びをした。

そのとき、八木が声を高めた。

「動いたぞ」

「何っ」

桝居のほうに顔を向けて、溝口が瞠目した。

ふざけ合って、仲間から突き飛ばされたふりをした破落戸のひとりが、破落戸たちを避けて、桝居に入ろうとした五十がらみの商人風の男にぶつかったところだった。

よろけた男の足を、別の破落戸が足払いする。

堪（こら）えきれずに横転した男を、ぶつかった破落戸がたたらを踏んだように見せかけて蹴り上げる。

脇腹に蹴りをくらった商人風の男が、躰をくの字に曲げて、激痛にのたうった。

「我慢もこれまで。とっちめてやる」

「待て。もう少し様子を見よう」

止めようとした八木の手を払って、溝口が張り込んでいた通り抜けから飛び出した。

倒れた商人風の男を踏みつけようとした破落戸の脳天めがけて、溝口が腰から引き抜いた十手を、背後から叩きつける。

　激痛に呻いた破落戸が、その場に崩れ落ちた。

　倒れた破落戸の頭を踏みつけて、溝口が吠える。

「すべて見ていた。わざとぶつかった上での乱暴狼藉、許さぬ。なぜ桝居へ入ろうとする客たちの邪魔をするのだ。引っ捕らえて躰に訊いてやる」

　殺気ばしった様子で溝口を取り囲んだ他の破落戸たちを見据えて、溝口がことばを継いだ。

「貴様らはさっさと失せろ。逆らったら、とっ捕まえて牢にぶち込むぞ」

　兄貴格らしい破落戸が凄んだ。

「後ろから殴りやがって汚えぞ。同心が何だ。とっちめてやる」

　懐からとり出した匕首を、兄貴格が抜いた。

　残りの破落戸たちも匕首を抜く。

　不敵な笑みを浮かべて、溝口が告げた。

「おもしろい。とことん痛めつけてやる」

「喰らえ」

　突きかかってきた兄貴格の手首に、溝口が十手を振り下ろす。

骨の砕ける鈍い音がし、匕首を落とした兄貴格が手首を押さえて、うずくまった。

ひるんで立ちすくんだ破落戸ふたりの顔面を、溝口が容赦なく打ち据える。

骨が折れたのか鈍い音が響き、折れた歯を口から噴き散らして、破落戸ふたりが横倒しに倒れる。

残りの破落戸を見据えて、溝口が声をかけた。

「かかってこい」

ひっ、と怯えた残りの破落戸が、くるりと背中を向けるや、脱兎の如く逃げ出した。

突然、八木のわめき声が聞こえた。

「貴様ら、待て」

声のほうを見やった溝口の目に、背中を丸めて逃げていく野博奕をやっていた遊び人たちの姿が飛び込んできた。

追おうともせず、遠ざかる遊び人たちの後ろ姿を見つめたまま、八木が呆然と立ちつくしている。

「八木、手伝え。こいつらに縄を打つ。鞘番所へ引き立てるのだ」

我に返って応じた八木が、溝口に歩み寄った。

「承知した」

四

不動一家から金箱を持った子分五人とともに、代貸の昇三郎が出てきた。

賭場へ向かって歩いて行く。

町家の陰に潜んでいたのか、四人の男たちが通りに姿を現した。

見え隠れに昇三郎たちをつけていく。

さほどの間をおかずに、不動一家の裏口に通じる通り抜けから、前原が歩み出た。

尾行に気づかれないほどの隔たりをおいて、前原が男たちをつけていく。

昼過ぎに不動一家にやってきた前原は、挨拶もそこそこに昇三郎に問いかけた。

「賭場の常連に、茶屋の主人はいないか」

「おりやす。櫓下の茶屋〈俵屋〉の主人で、敏次郎さんというお方で」

「強いのか、博奕は」

「勝ったり負けたりで、ならしたらとんとんといったところですか。それだけに、そのうちに大勝ちしてやろうとやる気満々で、三日にあげず賭場に顔を出されます」

にやり、として前原が揶揄する口調でいった。

「壺振りにいい含めて、うまく賽の目を操っているのではないか」

意味ありげに含み笑いして、昇三郎が応じた。

「不動一家の賭場では、そんな悪さはいたしません、といいきりたいところですが、昔は一家で用心棒をやっていただいていた先生には、そんな綺麗事の話は通じやせんね。所詮やくざ者のやること、先生には、すべてお見通しということで、御勘弁願います」

「まあ、そこんところはうまくやってくれ」

「やらせていただきやす」

厳しい顔をして、前原がいった。

「石場一家の賭場が荒らされたこと、知っているか」

「知っておりやす。先だっても永居一家の賭場が賭場荒らしにやられました。用心しなきゃいけねえ、と親分と話していたところで」

「実は、その石場一家と永居一家の賭場の常連に、同じ稼業の男がいたんだ」

はっ、とおもいあたって昇三郎が訊き返した。

「その稼業とは、ひょっとしたら茶屋商いですかい」

「さすがに不動一家の代貸、いい読みだ」

「さっき、いきなり先生が賭場の常連に茶屋の主人はいないか、と訊かれたんで、そうおもっただけで」

そこで、ことばを切って昇三郎が独り言ちた。

「どうしたものか。賭場荒らしを封じる、何かいい手はねえかな」

すかさず前原が声をかけた。

「いい手がある。鞘番所の探索の手助けにもなる、一石二鳥の手立てだ」

「ほんとですかい」

乗り気な様子を見せた昇三郎だったが、次の瞬間、はた、と気づいてうんざりした顔つきになった。

「あっしらが囮になって、鞘番所の探索の手伝いをするということですかい」

「そうだ。他にいい手があるか」

「そういわれたら、ぐうの音も出ませんが」

「どうする」

返事を促した前原に、苦笑いして昇三郎が応じた。

「どうするといわれても、先生のいうとおりにするしかねえじゃねえですか。どうしたらいいんで」

うむ、とうなずいて前原が告げた。

「まず、賭場へ出かける刻限を半刻ほど早めてくれ。それから」

「それからどうするんで」

訊き返して、昇三郎が身を乗り出した。

昇三郎たちが出かける前に、前原が裏口から出て通り抜けで見張る。賭場へ出かけた昇三郎たちをつける者がいたら、その連中を前原がつけていく。つけていく者がいてもいなくても前原は、見張りの結果を昇三郎に知らせる。

賭場まで昇三郎たちをつけてきた者がいたら、前原はそいつらを見張りつづけ、胡乱な動きをする気配が見えたら、賭場に入って昇三郎に知らせる。さらに裏口から出て、再度つけてきた者たちを見張る。見張っていた男たちが賭場に斬り込んだら前原は助太刀に斬り込む。それが前原が考えついた策であった。

聞き終えた昇三郎が、

「わかりやした。先生のいうとおりにしやしょう」

二つ返事で前原の策に乗った。


賭場へ向かう昇三郎たちをつけていく男たちがいた。つけながら、前原は昇三郎と段取りを話し合ったときのことをおもい出していた。

やがて……。

不動一家の賭場に昇三郎が入っていった。

男たちが、賭場を見張ることができる、近くの町家の外壁の陰に身を潜める。

見届けた前原は、何食わぬ顔をしてやくざたちの前を素通りして、賭場へ向かった。

賭場で昇三郎に、

「一癖ありそうな男が四人、おまえたちをつけてきて、いま、通りの向かい側の町家の陰に身を潜めている。用心することだ」

そう告げた前原は、目立たぬように裏口から出た。

男たちの動きを見張ることができる通り抜けに、再び前原は身を隠した。

（必ず何か起きる）

確信に近いおもいが、前原のなかに生まれている。

うむ、と前原が強く顎を引いた。

気持ちを引き締めるために、為した所作であった。

前原が、鋭い目で男たちの潜んでいるあたりに目を向けた。

五

深更四つ（午後十時）過ぎに鞘番所へもどった錬蔵と安次郎を、溝口ら同心四人が待っていた。

用部屋に入ってきた錬蔵が上座に、安次郎が下座で向かい合っている溝口たちの斜め後ろに座った。

一膝すすめて、溝口が声を上げた。

「桝居の商いの邪魔をしていた破落戸四人を捕らえて、牢に入れました。暮六つ半になっても野博奕をやめない。桝居に入ろうとする客の前に立ち塞がって入れないようにする。私と八木が張り込んでいるのを知っていながら無礼極まる態度で、我慢できませんでした」

「そうか。破落戸たちは何か吐いたか」

訊いてきた錬蔵に、渋面(じゅうめん)をつくって溝口が応じた。

「それが、だんまりを決め込んでいて、問いかけても口をききません。牢に入れられることに慣れている連中のようです」

無言で錬蔵がうなずいた。

話が一段落したと判じたか、小幡がふたりの話に割って入った。

「小紅楼に入ろうとしたお紋さんを突き飛ばして乱暴しようとした破落戸たちを捕まえていったん自身番に連れていき、番太(ばんた)たちに命じて鞘番所に運んで、牢に入れました」

顔を小幡に向けて錬蔵が訊いた。

「お紋が突き飛ばされて乱暴されそうになったというのか。なぜだ」

「理由はありません。小紅楼に入ろうとしたお紋さんに、わざとぶつかって邪魔をした破落戸にお紋さんが啖呵(たんか)を切ったら、いきなり」

「突き飛ばされたか」

問いかけた錬蔵に、小幡がこたえた。

「そうです。倒れたお紋さんに破落戸が襲いかかって、悪さを仕掛けようとしたので」

「たすけてくれたのか、小幡と松倉が」

脇から松倉が口をはさんだ。

「たすけたのは河水の藤右衛門です」

「藤右衛門が小紅楼にやってきたのか」

おもわず錬蔵は訊き返していた。

「私も意外でした。なぜ藤右衛門が小紅楼にきたのか、わけがわかりません」

首を傾げた松倉に、錬蔵がいった。

「小紅楼の女将のお滝は、以前は深川で五本の指に入る売れっ子芸者だったそうだ。その頃から、深い付き合いがあるのだろう」

「義理堅い藤右衛門のこと、何かと気配りをしているのでしょう」

応じた松倉に無言でうなずきながら、錬蔵は、藤右衛門自身が小紅楼を訪ねたことに、

（藤右衛門は、政吉たちを何度も小紅楼に差し向けている、といっていた。相談

をうけている立場の藤右衛門が、わざわざ訪ねていかずとも、政吉たちで用が足りるのではないのか。わざわざ足を運んだのには、それなりのわけがあるのかもしれない）

何か釈然としないものを感じていた。

（いつもの藤右衛門らしくない動き）

ともおもっている。

不意に黙った錬蔵を、一同が黙然と見つめている。

その視線を感じて、錬蔵が顔を上げた。

「破落戸たちは自分から話す気になるまで、際限なく牢に入れておけ。多少痛めつけても、口を割るまい。調べるだけ時の無駄だ。そのうち、そいつらを使っている黒幕が必ず動き出す」

いったんことばを切った錬蔵が、一同を見つめてことばを重ねた。

「明日も溝口と八木は桝居を、松倉と小幡は小紅楼を張り込んでくれ」

「承知しました」

溝口がこたえ、松倉と八木、小幡が強く顎を引いた。

六

合議を終えて、溝口ら同心たちが支配用部屋から引き揚げていった。

いつもは蛤町の裏長屋の住まいへ帰る安次郎だが、今夜は合議が深更に及んだこともあって、錬蔵の長屋に泊まることにしている。

同心たちの足音が聞こえなくなったのを見計らって、安次郎が話しかけた。

「前原さん、遅いですね」

「どこぞの一家で動きがあったのかもしれぬ。帰るまで用部屋で待とう」

「わかりやした」

こたえた安次郎が、独り言のようにつぶやいた。

「忙しくなってきた。前原さん、佐知ちゃんや俊作ちゃんと遊んでやることもできなくなりますね」

「その分、お俊が母がわりになって面倒を見ている。佐知も俊作も、すっかりお俊になついていて、傍で見ていると実の母子のようだ」

「たしかにそうだ。けど、子供のいないあっしにはわかりませんが、危ない橋を渡っている前原さん、子供たちのことを考えるといてもたってもいられないときもあるでしょうね」

「そうだろうな。だからといって、おれには、どうにもできぬことだ」

そうつぶやいて錬蔵が口を噤んだ。

つられたように安次郎も黙り込む。

ふたりとも、どこぞで張り込みをつづけているであろう前原におもいを馳せていた。


前原は、不動一家の賭場のそばで張り込んでいた。

不動一家の代貸昇三郎たちをつけてきたやくざたちも、前と同じところで張り込んでいる。

深更四つ（午後十時）過ぎに賭場から客たちが出てきた。

それから小半刻（三十分）ほどして、金箱を抱えた子分たちとともに昇三郎が現れた。

潜んでいる前原の前を通り過ぎるとき、昇三郎が、ちらり、と前原に目を走らせ、さりげなく会釈をした。

うなずき返しながら前原は、

（つけてきたやくざたちは必ず賭場を襲う）

と推量していた、おのれの見立てがみごとに外れたことをおもい知らされていた。

やくざたちは、引き揚げた昇三郎たちの姿が見えなくなった後、張り込んでいた場所から離れた。

躊躇（ちゅうちょ）することなく、前原はやくざたちの後をつけ始めた。

やくざたちは、迷いのない足取りで歩いていく。

（行き着く先が定まっている歩き方だ）

そう前原は判じていた。

やくざたちが入っていったのは、佃一家だった。

最後のひとりが佃一家のなかへ消え、表戸が閉められたのを見届けて前原は、身を潜めていた町家の陰から通りへ出た。

鞘番所へ向かって歩みをすすめていく。

鞘番所にもどった前原は、何の迷いもなく支配用部屋へ向かった。

（御支配は、必ず用部屋で待っている）

との、強いおもいが前原のなかにある。

すでに刻限は真夜中の九つ半（午前一時）を過ぎていた。

おもったとおり用部屋には、明かりが灯っている。

急ぎ足で、前原は歩を運んだ。


「不動一家を見張っていたやくざたちは、賭場へ向かった代貸たちをつけていき、賭場が閉まるまで張り込んで、代貸たちが帰っていくのを見届けて引き揚げて行った。張り込んでいたやくざたちが行き着いた先は佃一家だった、というのか」

問いかけた錬蔵に前原が応じた。

「そうです」

脇から安次郎が声を上げた。

「佃一家といえば、松浪屋のある佃を縄張りとする一家ですぜ」

独り言のように錬蔵がつぶやいた。

「明日から佃一家を張り込むべきかもしれぬな」

うむ、と首を傾げて、ことばを重ねた。

「いや、佃一家は、しばらく泳がせておこう」

顔を前原に向けて、さらに錬蔵がつづけた。

「明日の夜は、不動一家の賭場をおれが見張る。前原は、できうるかぎり多くのやくざ一家に聞き込みをかけ、夜四つ前に、おれと合流してくれ」

安次郎が口をはさんだ。

「あっしも一緒に張り込ませてくだせえ」

「安次郎は、おれと一緒に聞き込みを終えた後、松浪屋を張り込むのだ。ついでに松浪屋がらみの取り立てをやっている付け馬道場について聞き込みをかけてくれ」

「わかりやした」

「やくざたちの動き、細かく摑んできます」

厳しい面持ちで、安次郎と前原が強く顎を引いた。

七

鞘番所の支配用部屋で錬蔵たちが話し合っていた頃……。

松浪屋の主人控えの間では、松浪屋甚三郎の前に三人の男が居流れていた。

男のひとりは、年の頃は四十半ばとおもわれる佃一家の親分、佃の鮫八だった。四十がらみの一癖ありげな、もうひとりのやくざ者は親分なしの子分なし、旅から旅へと流れ歩きながら、その才覚と度胸のよさから各地の親分たちに一目置かれている土浦の権次。残るひとりは羽織袴を身につけた付け馬道場こと黒石道場の主、黒石鎌十郎であった。

鷲鼻で細面、吊り上がった細い目の黒石は四十半ば、長身でがっちりした体軀、一目見ただけでも怖じ気を振るうほどの凄みがあった。

松浪屋甚三郎は、中肉中背、やはり四十半ばの、一重瞼の、黒目がちの大きくて冷ややかな目に特徴のある、いかにも遣り手の商人といった様相であった。

色黒で四角い顔の真ん中に細い目、低い鼻、大きな分厚い唇が集まっているような顔つきの佃の鮫八は、相撲とりをおもわせる巨体の持ち主だった。

小紅楼と桝居の前で野博奕をしたり、見世に出入りする客たちに嫌がらせをしている連中を差配する権次から、今日から張り込みを始めた鞘番所の同心たちが小紅楼で六人、桝居で四人の手下たちを引っ捕らえて鞘番所へ連行した、と聞かされた松浪屋と鮫八、黒石は渋面をつくって顔を見合わせた。

溜息まじりに松浪屋が、独り言ちた。

「ちとやりすぎたかな」

聞き咎めた鮫八が、

「甚三郎、一気に事をすすめようといい出したのはおまえだぜ。佃生まれで佃育ち、親の稼業がふたりとも漁師という、幼なじみのおれたちが、ともに漁師になることを嫌って、おまえは茶屋の男衆、おれはやくざ渡世に足を突っ込んで、成り上がってきたんだ。おまえが深川を仕切る茶屋の主人になりたい、といい、おれは深川一帯を縄張りにすることを目指して、手を組んだ企みだ。腰砕けは困るぜ」

苦笑いして松浪屋がこたえた。

「腰砕けなんかじゃねえ。やりすぎたかな、といっただけだ。鞘番所が乗り出してきた。面倒な話になる前に、やり方を変えたほうがいいんじゃないかとおもっただけよ」

傍らから黒石が声をかけてきた。

「気にすることはない。鞘番所は人手が足りない。あちこちで一気に事をすすめたら、きりきり舞いするだけだ。それに、鞘番所の奴らは、見世の買い取り話には手が出せない。松浪屋は、あくまでも商い上の話だ、と突っぱねて押し通せばいい。それだけのことだ」

「たしかにそうだ」

うなずいた松浪屋が権次に目を向けた。

「捕まったのは権次さんが手配した連中だ。おまえさんがよければ、請け出しにいかずに、このままほうっておきたいんだよ。おれや佃の鮫八が連中にかかわりがあることは伏せておきたいんでね」

唇を歪めて、権次が薄ら笑った。

「かまいません。どうせ食いつめた無宿人どもだ。行徳(ぎょうとく)あたりに足をのばせば何人でも集められる。明日にでもまた出かけて、新手の連中を調達してきましょう」

「それはいい」

と、鮫八がせせら笑う。

にんまりした黒石が、松浪屋と鮫八に視線を流して、軽口を叩いた。

「おれや黒石道場の面々を使い捨てにしたら、ただではすまぬぞ。わかっておるな」

「黒石さん、昔からの悪仲間で、腐れ縁のおれたちだ。一蓮托生（いちれんたくしょう）、行き着くところが地獄でも、とことん付き合いましょうや」

不敵な笑みを浮かべた松浪屋に、

「地獄か。それもいいねえ」

「覚悟はできているぞ」

鮫八と黒石が、酷薄な笑みで応じた。

三章　弱肉強食

一

（捕らえた破落戸や遊び人たちを請け出しにくる者がいるかもしれない）

そう考えた錬蔵は、安次郎とともに出かける支度をととのえて、昼四つ（午前十時）まで鞘番所の門番を兼ねた小者詰所にいた。

溝口ら同心たちは朝五つ（午前八時）前に、それぞれが張り込む先に出かけている。

時の鐘が、昼四つを告げて響き渡っている。

鐘の音が途切れるのを見計らって錬蔵が、隣にいる安次郎に声をかけた。

「破落戸たちを請け出すつもりなら、もうきているはずだ。出かけよう」

「もし請け出しにきたら、どうします」

「明日、朝五つまでにくるように、小者頭につたえてもらおう」

「そうしますか」

立ち上がった安次郎が、顔を小者頭に向けてことばを継いだ。

「小者頭さん、聞いてのとおりだ。よろしく頼むぜ」

「わかりました」

物見窓の前に立ち、窓障子を細めに開けて、隙間から大番屋の木戸門を見やっていた小者頭が、振り返って応じた。

「行くぞ」

立ち上がって表戸へ向かって歩き出した錬蔵に、安次郎がつづいた。


一刻（二時間）後、錬蔵と安次郎は、桝居を張り込む溝口と八木の様子を窺うことができる、町家の外壁に身を寄せていた。

人数は減っているものの、相変わらず見世のそばで野博奕をやっている遊び人や見世の前に立ち、出入りを邪魔している破落戸たちが屯している。

錬蔵たちは、すでに小紅楼を張り込む松倉と小幡の様子を、ひそかに見届けていた。

松倉や小幡と同様に、溝口と八木も、見張っているにもかかわらずやりたい放題に振る舞っている破落戸たちへの腹立たしさを抑えているように見えた。

「溝口さん、かなり苛立っていますね。また暴れるんじゃねえですか」

「そうなる前に奴らが逃げ出すさ。牢に入れられるのは厭なはずだ」

「たしかに」

「そろそろ河水楼へ向かうか。見世が忙しくなる前のほうが、藤右衛門も都合がいいだろう」

「そうですね。あっしは、ここから松浪屋の聞き込みに向かいやす」

安次郎が応じた。


小半刻（三十分）後、錬蔵は河水楼の主人控えの間で、藤右衛門と向かい合っていた。

「小紅楼や桝居の前で野博奕を打つ遊び人や破落戸たちが、客の出入りを邪魔している、と同心たちから報告があった。この間、松浪屋が桝居と小紅楼を買い取ろうとしていると藤右衛門から聞いたが、そのことから推察して、おそらく破落戸たちを陰で操っているのは松浪屋だろう。目に余るようなら、松浪屋を呼びつけて、深川の治安を乱す行為は許さぬと、きつく咎めようとおもっているのだが」

　真顔で告げた錬蔵をじっと見つめて、藤右衛門がいった。

「大滝さまは、松浪屋と小紅楼や桝居との、見世の売り買いなど商いにかかわる一件に首を突っ込んではなりませぬ。鞘番所北町組支配は、深川の商人たちを分け隔てして、依怙贔屓する、とあらぬ噂をたてられます」

「それは、しかし」

　その錬蔵のことばを遮るように、藤右衛門が声を上げた。

「いま私が申したこと、くれぐれも腹におさめていただきたい。お願いいたします」

　いつになく厳しい藤右衛門の声音だった。

　見つめ返して、錬蔵が応じた。

「そのことば、肝に銘じておく。おれは深川に住む者たちを、分け隔てなく扱っているつもりだ。もし、そうとはおもえない、と感じたときには、遠慮なくいってくれ」

「遠慮なくいわせていただきます」

　硬い顔つきで告げて、藤右衛門が笑みを浮かべた。

二

再度、不動一家に聞き込みをかけた前原は、代貸の昇三郎から、

「門前仲町の茶屋〈尾花（おばな）屋〉の主人が、大の博奕好きで、三日にあげず賭場に通ってくる」

と聞き出していた。

さらに昇三郎は、

「不動一家の賭場には、尾花屋以外に、同じく門前仲町にある二軒の茶屋の主人たちも、よく遊びにきている」

とも付け加えた。

「昨夜、ひそかに賭場を見張っていたやくざたちは佃一家に引き揚げていった」

と前原から告げられた昇三郎は、

「うちと佃一家の間には、揉（も）め事ひとつないんですがね。なんでこっそり賭場を見張ったりするんだろう」

といって、首を傾げた。

前原は、かつて用心棒をやっていたこともあって、不動一家とは親しい付き合いをしている。

二日つづけてやってきた前原に、昇三郎が、

「たまには、弟分たちに、やっとうの手ほどきをしてくださいよ」

と頼んできた。

「いいだろう。子分たちを集めてくれ」

こころよく引き受けて、前原は子分たちに稽古をつけてやった。

稽古が始まると、不動一家の親分も挨拶に顔を出した。

一刻（二時間）あまり稽古をつけた後、誘われるまま前原は、昇三郎と近くの蕎麦屋へ行って昼飯を食べた。

蕎麦屋の前で昇三郎と別れた前原は、閑つぶしに散歩でもしているようなふりをして、不動一家の周りを一まわりした。

傍目には、のんびりと歩いているように見えた前原だったが、不動一家の表と裏を見張ることができる町家の陰や通り抜けに、昨日見かけた男を含んだ佃一家の子分たちが、身を潜めているのを見逃してはいなかった。

とりあえず表を張り込んでいる子分たちを見張ることにした前原は、様子を窺

うことができる通り抜けに身を隠した。

子分たちを半刻（一時間）ほど見張っていたが動きはない。

このまま見張っていても動き出すのは、夕方だろう。そう判じた前原は、突然、あることにおもいあたった。

（尾花屋に見張りがついているかもしれない。賭場荒らしが襲った賭場で茶屋の主人が斬り殺されている。賭場荒らしの真の狙いが、賭場を荒らすことではなく、茶屋の主人を殺すことだったとしたら、どうなる。佃一家が賭場荒らしとかかわりがあるとすれば、尾花屋を見張っているはずだ。尾花屋へ行ってたしかめてみよう）

おもい立った前原は、男たちに気づかれぬように、通り抜けから通りへ歩み出た。


尾花屋の周りを一歩きした前原は、昨日見かけた佃一家のうちのふたりが、仲間とおもわれる男たちと一緒に、表と裏を見張ることができる通り抜けに身を潜めていることに気づいた。

尾花屋の表近くにいる子分たちを臨む町屋の外壁に、前原は身を寄せた。

（佃一家が尾花屋を見張っている。尾花屋の主人が不動一家の賭場にいるときに、賭場荒らしが襲ってきたら、佃一家が賭場荒らしの手引きをしたことになる。さらに、賭場荒らしの狙いは茶屋の主人殺しだという、おれの推測の答えも出る。ここで張り込みをつづける価値はありそうだ）

胸中でそうつぶやきながら前原は、尾花屋を見張る佃一家の子分たちを凝然と見つめた。

三

佃町で安次郎は、松浪屋にかかわる聞き込みをつづけていた。

松浪屋甚三郎は松浪屋、〈磯浜〉という屋号の茶屋二軒と〈佐田屋〉、〈満潮〉、〈新月〉という名の局見世三軒をやっている、いわば佃の大物であった。

佃一家、松浪屋がらみの茶屋や局見世の取り立てを引き受けていることから、付け馬道場と呼ばれている一刀流の黒石道場は、松浪屋と目の鼻のところに位置していた。

松浪屋の息のかかった者が多い一画である。

「松浪屋さんについて、聞きたいんだが」

と声をかけるだけで、露骨に厭な顔をされて、そっぽを向かれてしまう。

そんな住人たちの様子から安次郎は、

（余計なことを喋って松浪屋の耳に入ったら、厄介なことになりかねない、とみんな、おもっているのだ）

そう推断していた。

（どんなにやりにくくても、やるしかねえ。手がかりのひとつでもつかまなきゃ、おれの面目がたたねえ）

気持ちを奮い立たせて、安次郎は聞き込みをつづけた。

他の茶屋の男衆や、見世の前の縁台に座って閑をつぶしている局見世の女郎などをつかまえて、一刻（二時間）ほど聞き込みをつづけた安次郎の前に、いかにも無頼といった風貌の三人の浪人が立ち塞がった。

頭格らしい浪人が安次郎を睨みつけていった。

「松浪屋のことを訊いてまわっているようだが、どういうつもりだ」

「じっくりとわけを聞かせてもらおう」

別の浪人がいい、他の浪人とともに安次郎の左右にまわった。

背後に人の気配を感じて、安次郎が振り返る。

後ろを塞ぐように、三人のやくざが立っていた。

殺気を漲らせて、浪人たちが一歩間合いを詰めた。

（逃げきれない）

瞬時に判断した安次郎は、懐に入れたままで滅多に出したことのない十手を引き抜いた。

「御用の筋だ。鞘番所の牢にぶち込んで取り調べている破落戸たちが松浪屋の息のかかった者だと吐いた。それで、聞き込みをかけている。文句があるのかい。文句があるのなら、鞘番所にきてもらってもいいんだぜ」

破落戸たちが吐いた、との口から出まかせの、はったりをかませた安次郎に頭格が薄ら笑いでこたえた。

「その必要はない。松浪屋の旦那に会いたければ会わせてやる。おれたちについてこい」

「それには及ばねえ。松浪屋のことを聞き込むのが、おれの務めだ。邪魔しねえでくれ」

声を高めるなり、安次郎はいきなり十手を振り回した。

浪人たちが、あわてて飛び下がる。

取り囲むように迫っていた浪人たちの輪が崩れた隙をついて、安次郎が脱兎の如く逃げ出した。

浪人とやくざたちが安次郎を追ってくる。

蓬萊橋（ほうらいばし）に向かった安次郎が、たもとにたどりついた。

ちらり、と背後を振り返った安次郎の目に、足を止めた浪人ややくざたちの姿が映る。

（これじゃ聞き込みもままならねえ。引き揚げるしかないか）

胸中でつぶやいた安次郎は、油断することなく、浪人たちを横目で見ながら蓬萊橋を渡り始めた。


そんな安次郎を、対岸の蓬萊橋のたもと近くから見やっているふたりの同心がいた。

鞘番所南町（みなみまち）組の同心大熊五郎次（おおくまごろうじ）と飯尾釜太郎（いいおかまたろう）だった。

「追われていたのは、北町組の安次郎だ。何をやらかしたのか。いくら手先でも、十手持ちが逃げまわるなんて、みっともない話だな」

薄ら笑った大熊に、飯尾が応じた。

「北町組の奴らが手酷(ひど)いめにあっても、おれたちにはかかわりのないことだ。騒ぎに巻き込まれないうちに、この場を離れよう」

「そうだな。行くか」

歩き出した大熊に飯尾がならった。


(すでに暮六つは過ぎている。旦那と落ち合うことになっている不動一家の賭場へ向かうとするか)

蓬萊橋のなかほどで足を止めた安次郎は、浪人とやくざたちに目を向けた。もといた場所を動くことなく、浪人とやくざたちが安次郎を見つめている。

(追ってくる気はないようだな)

そう判じた安次郎は、見廻りした折に知った不動一家の賭場へ向かって足を踏み出した。

四

小紅楼の前には、相変わらず野博奕をやっている遊び人と客の出入りを邪魔をする破落戸たちが屯(たむろ)している。

やってきたお紋が足を止め、張り込んでいる小幡と松倉に目を走らせた。

苦虫を嚙(か)み潰したような顔つきで見張っているふたりが、お紋に気づいて微(かす)かに笑みを浮かべた。

お紋が小さく会釈(えしゃく)をする。

ふたりがさりげなく会釈を返す。

小紅楼に入っていくお紋に、ちょっかいをかける破落戸はいなかった。先日、お紋に乱暴しようとして、鞘番所に連れて行かれた仲間たちのことを忘れていないのだろう。

声をかけ、小紅楼の主人控えの間の襖(ふすま)を開けたお紋は、驚きの目を見張った。

文机をはさんで、藤右衛門とお滝が向かい合って帳面をあらためている。

「藤右衛門親方、きてらしてたんですか」

声をかけたお紋に、藤右衛門が無言で笑みを向けた。

顔をお紋に向けて、お滝が声をかけてきた。

「『破落戸たちの嫌がらせで客足が減っているだろう。見世が成り立たなくなる前に何らかの手を打たなきゃいけない。その前に、まず帳面をあらためさせておくれ。何をやればいいか、わかるかもしれない』と藤右衛門親方がいってくださって、ありがたいことに、しばらくの間、小紅楼に通って相談に乗ってくださることになったんだよ」

笑みを浮かべたお滝に、お紋がいった。

「よかったね、お滝姐さん。今日も、たちの悪そうな男たちが、見世の前に屯している。どうしたらいいんだろうね」

「藤右衛門親方のところの男衆に手伝ってもらって、何度も追い払ったんだけど、すぐにもどってくる。困ったもんだよ」

溜息をついて、お滝がことばを重ねた。

「親方は、芸者に出ていた頃からお滝姐さんを可愛がってくれていた。いまも同じ気持ちでいてくださるんだね」

「ほんとに、ありがたいよ」

顔を藤右衛門に向けて、お滝が頭を下げた。

藤右衛門が微笑みでこたえる。

ふたりの様子に、お紋もつられたように笑みを浮かべた。

向き直ったお紋が、お滝に話しかけた。

「見世の前で悪さしている破落戸たちがやっていることを洗いざらい話してくれないかい。あの人に、何とかできないか相談してみる」

「あの人って、あの鞘番所の大滝さまに相談してくれるというのかい」

「そのつもり。いまでも同心の松倉さんや小幡さんが張り込んでくれているけど、大滝の旦那が直接乗り出してくれたら、破落戸たちの態度も変わるとおもう」

身を乗り出してお滝がいった。

「大滝さまに『破落戸たちを追い払い、松浪屋に小紅楼から手を引くように話をつけてもらえないか』と頼んでおくれ。このとおりだよ」

両手を合わせて、お滝が拝む恰好をした。

「まかせておくれ。大滝の旦那に、引き受けてくれと頼み込むよ。いままで何くれとなく面倒を見てくれたお滝姐さんへの、せめてもの恩返しだよ」

微笑んだお紋に藤右衛門の声がかかった。

「お紋、そいつは悪い了見だぜ」

厳しい藤右衛門の声音に、

「悪い了見？」

振り返ってお紋が鸚鵡返しをした。

「大滝さまは深川大番屋北町組の御支配という立場にあるお方だ。深川や本所一帯を取り仕切るのが務め。そんな大滝さまが、小紅楼という、数ある深川の茶屋の一見世に肩入れしたら、世間がどうおもうか、考えてみることだ」

「それは」

いいかけて、おもいあたることがあったのか、お紋が黙り込んだ。

きっぱりと藤右衛門がいいきった。

「世間は、きっとこう噂する。深川大番屋北町組御支配の大滝さまは、馴染みの芸者から頼まれて、小紅楼を依怙贔屓して松浪屋を手厳しく扱った。何と片手落ちなことをなさるんだ、とな。お紋、大滝さまの面目を潰すようなことを、これっぽっちも考えちゃいけねえ。深川芸者の心意気が疑われるぜ」

恨めしげに藤右衛門を見やったお紋が、力なくうなだれた。

どうしていいかわからぬままお滝も黙り込んで、畳に視線を落とす。

そんなふたりを、藤右衛門がじっと見つめている。

五

小紅楼を張り込んでいる小幡が、おもわず大きな欠伸(あくび)をした。

気づいた松倉が声をかける。

「退屈したようだな。そろそろ引き揚げるか」

頭をかきながら、申し訳なさそうに小幡がいった。

「しかし、まだ引き揚げるにはいつもより半刻以上早い。どうしましょうか」

「いつもは野博奕をやっている連中も、手を止めている。小紅楼に入る客をからかっている奴らも声を上げない。もう何も起きないのじゃないか」

疲れた顔つきの松倉も、本音は早く引き揚げたいようにおもえた。

そんな松倉の気持ちを感じ取ったか、小幡がこたえた。

「そうですね。捕まえた男たちをのぞいて、昨日と顔ぶれは一緒だ。引き揚げて、鞘番所で牢に入れてある奴らの様子でも見ますか」

「そうだな」

ゆっくりと松倉が歩き出す。

つづいて小幡が足を踏み出した。


同じ頃、桝居を張り込んでいた溝口と八木も、うんざりして顔を見合わせていた。

「新手はくわわっていない。請け人が現れるまで牢に入れておく連中をのぞいて同じ顔ぶれだ。何も起きそうもない。引き揚げるか」

声をかけてきた溝口に、

「そうしよう。早めに引き揚げて、牢に入れてある奴らを、退屈しのぎにからかってやろう」

軽口を叩いて、八木がいった。

「退屈しのぎなんて、中途半端なことはやめよう。おもいっきり締め上げて、誰から頼まれて桝居に嫌がらせしたのか訊き出そう」

不敵な笑みを浮かべた溝口に、八木があわてた。

「それはまずい。御支配の指図に背くことになる」

「かまうものか。御支配も、探索の手がかりさえつかめれば何の文句もないだろう。かえってお褒めのことばをいただけるかもしれぬぞ」

「それもそうだな」

「行くぞ」

さっさと溝口が歩き出した。

あわてて八木が溝口にならった。

六

錬蔵は、不動一家の賭場の出入りを見張ることができる建屋の陰に潜んでいた。錬蔵の後ろには建屋の外壁に張りつくようにして、安次郎が立っている。

暮六つ（午後六時）前に、不動一家の代貸昇三郎が、子分十人をしたがえて賭場に入っていく。なかに金箱を抱えた子分の姿もあった。

小半刻（三十分）ほどして、客とおもわれる男たちがやってきた。

夜五つ（午後八時）の時の鐘が鳴り始めた頃、羽織を身につけた御店の主人風の男が急ぎ足で現れた。

賭場の前で立ち番している子分に声をかけて、何やらことばを交わしている。話している子分の様子から、その男は上筋の常連客とおもわれた。

男の姿が賭場に消えた後、近くの木立のなかから、数人のやくざ風の男が出てきて、周囲を見まわした。

道沿いにある石の地蔵を目にとめたのか、迷うことなく地蔵に向かってすすみ、背後の木立に身を隠した。

建屋の外壁に身を寄せた錬蔵が、やくざ風の男たちの一挙手一投足を食い入るように見つめている。

ほどなくして、男たちが出てきたあたりから少し遠ざかったところの道ばたに、前原の姿が浮かび上がった。

周囲に警戒の視線を走らせながら、前原が錬蔵のほうに歩いてくる。

どのあたりで張り込むか、錬蔵と前原の間で、昨夜のうちに決めてあった。

辻にある建屋を左へ曲がった前原は、外壁に張りつくようにして張り込んでいる錬蔵と安次郎を見向くことなく、歩調を変えずに脇を通り過ぎた。

少し先に行ったところで建屋の外壁に身を寄せた前原は、そのままの姿勢で背後から錬蔵たちに歩み寄った。

すれ違うようにして、錬蔵の背後にいた安次郎が前原と入れ替わる。

顔を寄せた前原が、錬蔵に小声で話しかける。

「いま賭場に入っていった羽織をまとった男が、茶屋尾花屋の主人です」

振り向くことなく錬蔵が問いかけた。

「地蔵の後ろの木立に身を隠したやくざたちは、どこの一家の者だ」

「佃一家です」

「佃一家だと。見間違いではないのだな」

横目で見やった錬蔵に、前原がこたえた。

「昨日、不動一家を見張っていた佃一家のひとりが、子分たちのなかにいます。奴らは尾花屋を見張っていました。出かけた尾花屋の主人の後をつけて、ここまできたんです」

「地蔵の後ろから、ひとり出てきたぞ」

小さく声を上げた錬蔵の背後から、前原が背伸びして肩越しに見つめた。

男のひとりが早足で遠ざかっていく。

「仲間を呼びにいったのかもしれぬな。やはり昨夜は、下見だったか」

独り言のようにつぶやいた錬蔵のことばを、前原が聞きただした。

「それでは御支配は、昨夜から、下見だったのではないか、と疑っておられたので」

「勘だ。ここ数日中に何か起きるかもしれない。そう感じた」

「それで、賭場はおれが見張るといわれたのですか」

「そうだ。骸の斬り口から見て、賭場荒らしをやってのけた輩は、剣の修行を積んだ者たちだとふんでいる。さっき安次郎から報告をうけたが、佃で松浪屋について聞き込みをかけていたら、浪人たちと佃一家の子分とおもわれるやくざたちから行く手をはばまれ、襲われて命からがら逃げてきたという」

「まさか、白昼に十手持ちを堂々と襲うなんて、そんなことがあるなんて」

呻くようにつぶやいた前原に、安次郎が声をかけた。

「あいつらは十手なんざあ、ただの飾りとしかおもっていませんぜ。筋金入りの破落戸たちだ」

錬蔵が割って入った。

「そのとおりだ。筋金入りの破落戸が相手、鞘番所のなかで、賭場を張り込むにふさわしいのはおれが一番だと判じた。それだけのことだ」

「たしかに、御支配が一番の剣の達者ですが、張り込みなら私でもできます」

「前原、おまえにはふたりの子がいる。危ない橋を渡らせるわけにはいかぬ」

「御支配、そんな心遣いは無用に願います。弱腰ではお役目がつとまりませぬ」

脇から安次郎が声を上げた。

「前原さん、旦那の気持ちを無にしないほうがいいですぜ。旦那やあっしは独り身だ。何があっても後腐れは少ねえ。が、前原さんは違う。何かあったら、佐知ちゃんや俊作ちゃんがどうなるか考えなせえ。お俊は、ふたりの世話はしているが、おっ母(か)さんじゃねえんですぜ」

「それとこれとは話が違う。おれは、お役目を第一に考えているのだ。みょうな心遣いは無用に願いたい。おれは」

気持ちが高ぶったのか、声を震わせた前原を遮るように錬蔵が告げた。

「何もいうな。斬り合いになったら、手強(てごわ)い奴はおれが引き受ける。勝つと見極めた相手と戦うのだ。いいな。これは命令だ」

ふだんと変わらぬ、穏やかな錬蔵の物言いだった。が、その声音には、有無をいわせぬ厳しいものが籠もっていた。

下唇を嚙みしめた前原が、無言で顎(あご)を引く。

神妙な面持ちで、安次郎も微かにうなずいた。

ふたりを見向くことなく、錬蔵が男たちが潜んでいる地蔵の背後の木立を凝然と見据えている。

（必ず何か起きる）

錬蔵の勘が、そう告げていた。

七

賭場の表で張り番のやくざが、帰っていく客を見送っている。

すでに刻限は夜四つ（午後十時）を過ぎていた。

建屋の陰に潜んでいる錬蔵たちが、賭場から出てくる客たちと、地蔵の後ろの木立に潜んでいる佃一家の子分たちの双方に目を向けている。

ひとりでどこかへ出かけていった子分は、まだもどっていなかった。

錬蔵の後ろにいる前原が、小声で話しかける。

「賭場は、いちおう夜四つに閉めることになっています。もっとも勝負に夢中になって帰らない客もいるので、たいがい四つ半近くまで開けているようです。最後の客が帰ってから小半刻ほどして、代貸と子分たちが一家に引き揚げる、というのが賭場が開帳された夜の、だいたいの動きです」

「そうか」

応じた錬蔵が、独り言ちた。

「賭場を張り込んでいる子分たちに動きはない。昨夜は、てっきり佃一家の子分たちは下見にきたに違いない、と判じたのだが」

次の瞬間、錬蔵が声を上げた。

「賭場の出入り口近くの木立のなかで、何かが動いた」

錬蔵が目を見張る。

木陰からたすきをかけ、盗人かむりをした喧嘩支度（けんかじたく）のやくざが躍り出て、張り番をしている子分のひとりを斬り捨てた。

凄（すさ）まじい居合い抜きの早業だった。

「できる」

おもわず錬蔵は口に出していた。

「行くぞ」

建屋の陰から錬蔵が走り出る。前原と安次郎がつづいた。

三人が賭場に駆け寄る間に、同様に喧嘩支度をしたやくざが九人、木陰から現れ出た。

頭格とおもわれる最初に出てきたやくざは、つづいたやくざたちが集まる前に、残る張り番の子分ふたりを斬り捨てていた。

やくざたちが勢揃いしたのを見届けた頭格が、長脇差(ながどす)を掲げて振る。

それが合図だったのか、やくざたちが長脇差を抜き連れた。

頭格を先頭に、やくざたちが賭場に殴り込む。

瞬く間の、統制のとれたやくざたちの動きだった。

走りながら抜刀した錬蔵に、前原と安次郎がならう。

賭場のそばに錬蔵たちが駆け寄ったとき、賭場のなかから断末魔の絶叫が重なり合って聞こえた。

「突っ込むぞ」

下知(げじ)して錬蔵が賭場に飛び込む。

賭場に踏み込んだ錬蔵の目に、血塗れで転がっている客たちと、やくざたちに追われて逃げまわる者たち、長脇差で斬り合う不動一家の子分たちの姿が飛び込んできた。

賭場のなかでは、まさしく阿鼻叫喚の地獄絵が展開されていた。

気づいたやくざが錬蔵に斬りかかる。

身を躱した錬蔵が、大刀を横に払った。

二の腕を斬り裂かれたやくざが、長脇差を取り落としてよろける。

飛び込んできた前原と安次郎が、錬蔵の斜め左右を固めた。

右八双に構えて、錬蔵が呼ばわる。

「深川大番屋北町組支配、大滝錬蔵である。抗えば斬る」

頭格が反応した。

「深川大番屋だと。何かと面倒だ。目的は果たした。引き揚げるぞ」

その声にやくざたちが応じた。

腕を斬られたやくざを支えて、後ずさりしながら引き揚げる。

しんがりを務める頭格と数人のやくざが、錬蔵たちの動きを封じるべく、油断なく身構えながら、賭場の外へと去っていく。

一糸乱れぬ、みごとな退却ぶりだった。

下段に構えたまま、錬蔵は動かない。

傍らで安次郎が呻いた。

「こいつら、強い」

やくざたちの姿が賭場から消えたとき、錬蔵が声を上げた。

「追うぞ」

その声に前原と安次郎が動いた。

再び錬蔵が声をかける。

「前原は残れ。誰が斬られたか、調べるのだ」

「承知」

前原が動きを止めた。

「行くぞ」

駆け出した錬蔵に安次郎がつづいた。

賭場から走り出た錬蔵と安次郎の目は、出てきた木立のなかに消えていくやくざたちをとらえていた。

後を追って錬蔵たちは、木立を走り抜けた。

その先の光景に、錬蔵たちはおもわず立ち止まる。

木立を抜けた先には、堀川が流れていた。

土手を駆け下りたやくざたちが、接岸した二艘(そう)の舟に乗り込んでいる。

「逃(のが)さぬ」

呻いた錬蔵と安次郎が土手を走り下りる。

やくざの最後のひとりが乗り込み、船頭が竿(さお)で岸辺を突いて、堀川のなかほどに舟が流れ出るのと、錬蔵たちが水辺に着くのが、ほとんど同時だった。

二艘の舟が遠ざかっていく。

水際に立った錬蔵と安次郎が、去りゆく舟を凝然と見つめている。

四章　羊質虎皮(ようしつこひ)

一

不動一家の賭場に、喧嘩支度のやくざたちが殴り込んだ頃……。

鞘番所の北町組の吟味部屋では、小幡と松倉が捕らえた六人、溝口と八木が取り押さえた四人、合わせて十人の破落戸(ごろつき)たちの取り調べが行われていた。

七人が両手を後ろ手に両足首を縛られて、土間に横たえられている。

折檻(せっかん)柱を抱くように上半身裸にして縛りつけた破落戸を、溝口と小幡が割れ竹で交互に叩きつづけている。

柱の傍らには、すでに責められたふたりが、息も絶え絶えに横たわっていた。

ふたりの背中は裂け、血塗(ちまみ)れになっていた。

縛られている男の背中に溝口の痛烈な割れ竹の一撃が炸裂(さくれつ)する。

気絶したのか、がっくりと頭を垂れた。

「これで三度目だ。簡単に気絶する。つまらぬ。もう少し、頑張ってくれないと、おもしろくない」

吐き捨てた溝口が、八木に声をかけた。

「八木、水をかけろ」

「手桶四荷を満杯にして運んできたのに、残り一荷しかないか。手間をかける奴だ」

ぶつくさいいながら、八木が水を満たした手桶を持ち上げる。

手桶を投げつけるような勢いで、水をかけた。

身震いして破落戸が正気づく。

間をおくことなく、溝口が、

「誰から頼まれて、桝居に出入りしようとする客たちに嫌がらせをしたのだ。いうまで叩きつづける」

吠えるや、割れ竹を叩きつける。

つづいて小幡が叩く。

ふたりに十数発、叩かれつづけた破落戸が、大きく呻いて、再び気を失った。

「また気絶しやがった。水をかけるのも面倒だ。責める相手を替えよう」

吐き捨てるように溝口がいい、ことばを継いだ。

「次はどいつにするかな」

「そうですね。誰がいいかな」

どこか楽しげな、小幡の物言いだった。

横たえられた七人に、ふたりが視線を移していく。

最後にふたりの視線を受けた破落戸が、小さく悲鳴を上げ、逃れようともがいた。

その様子に、にやりとして溝口がいった。

「こいつにしよう」

無言でうなずいた小幡が、折檻柱に縛りつけられている破落戸の縄を解く。

その場に崩れ落ちた破落戸の足を摑んだ小幡が、脇にずらした。

選ばれた破落戸を、松倉と八木が抱え上げる。

「やめてくれ。勘弁してくれ」

わめいて手足をばたつかせた。

上半身裸にされた破落戸が、折檻柱に縛りつけられている。

左右に立った溝口と小幡が、割れ竹を振り上げる。

「白状するなよ。白状したら割れ竹で叩けなくなる」

凄(すご)みのある笑いを浮かべた溝口が、割れ竹を振り下ろした。

あまりの痛みに、破落戸が身もだえをして悲鳴を上げる。

間髪を容れず、小幡が割れ竹を叩きつけた。

つづけて、溝口が割れ竹を振るう。

「いう。いうから勘弁して。許してくれ」

「これは、おまけだ」

さらに一発、溝口が割れ竹の一発をくれる。

「ひでえ。いう、白状するって、いってるのによう」

背中に割れ竹を押しつけて、溝口が告げる。

「いえ。早くいえ」

「いいます。すべて話します。見世に入りそうな客に嫌がらせをしたら一日一分になるといわれて、引き受けたんだ。おれたちを誘ったのは土浦の権次という渡世人だ。おれたちは行徳で声をかけられて、深川にやってきた。もうやらない。勘弁してくれ」

顔を寄せて、溝口が声をかけた。

「そのまま、知っているかぎりのことを話しつづけるのだ。止めたら、割れ竹で一発お見舞いするぞ」

背中に押しつけた割れ竹に、溝口が力を籠める。

「おれは無宿人だ。他の連中も同じ身の上だ。すべて土浦の権次が仕組んだことだ。頼む。許してくれ」

わめきつづける破落戸に、溝口と小幡が顔を見合わせ、してやったり、とうなずき合った。

二

もどってきた錬蔵と安次郎は、不動一家の賭場の前で足を止めた。

「二手に分かれて、佃一家の子分たちがいるかどうか調べてみよう。おれは地蔵の前から右手に五十歩行く」

「あっしは、左手へ五十歩行きやす」

地蔵の前で左右に分かれたふたりは、林のなかを覗き込むようにして歩を運んだ。

五十歩すすんだところで足を止めたふたりは、向き合って、ともに胸の前で手を交差させた。

佃一家の子分たちは見当たらない、ということを意味する所作だった。

再び賭場の前までもどった錬蔵が、歩み寄ってきた安次郎に声をかけた。

「安次郎、近くにある自身番へ走ってくれ。小者たちに骸の片付けをやってもらいたい。怪我人の手当てをせねばならぬ。医者も連れてきてほしい。急ぎ駆けつけてくれ、とおれがいっていたとつたえてくれ」

「わかりやした」

「自身番で小者たちに伝言した後、鞘番所へ行き、溝口ら同心たちに不動一家の賭場が賭場荒らしに押し込まれた。すぐに出役してくれとつたえ、一緒に賭場にきてくれ」

「ひとっ走り行ってきやす」

大きくうなずいて、安次郎が走り出した。

賭場のなかに足を踏み入れた錬蔵は、散乱する骸に目を走らせた。

なかには臥したまま、もがいている者も何人かいる。

入ってきた錬蔵に気づいて、前原が近寄ってきた。

「安次郎は」

訊いてきた前原に錬蔵がこたえた。

「自身番に走らせた。人手がいるからな。その後、松倉ら同心たちを呼びにいくように命じた。張り込んでいた佃一家の連中は、いつのまにか消えている」

「そうですか。賭場荒らしと佃一家は、つながっているとしかおもえません。そうおもいませんか」

「おそらくそうだろう。それより気になることがある」

「気になることとは」

訊き返した前原に錬蔵が告げた。

「やくざの恰好をしていたが、おれと斬り合った奴は、それなりに剣術を錬磨してきた者だと見立てた。やくざの度胸剣法とは違う、修行を積んだ者たちが振るう太刀筋だった」

「そういえば、引き揚げ方が素早かったですね。乱れもなかった。修羅場に慣れた者たちではないかと」

「ひとりとしかやり合っておらぬ。賭場荒らしみんなが剣の修行を積んだ者だとは断定できぬが、逃げるときの身のこなしから見て、それなりの修行を積んだ者たちのような気がする」

首を傾げた錬蔵が、目を前原に向けて、ことばを重ねた。

「茶屋尾花屋の主人はどうした」

「斬り殺されていました。それも、みごと一太刀で。肩から心ノ臓まで断ち斬られていました。おそらく苦しむことなく果てたとおもわれます」

「いままで襲われた賭場と違って、生き残った者もいるようだな」

「代貸の昇三郎は二の腕に手傷を負っています。不動一家の子分四人が斬り死にしました。ひとりは無傷です。賭場の客のほとんどが斬られて、息絶えています。見られたとおり、まだ息のある者もいます。手当てを急がねばなりませぬ」

「自身番の小者たちが医者を連れてくるはずだ。待つしかない」

多数の骸が転がる賭場のなかを見渡して、前原がいった。

「われわれが踏み込まなければ、いままで襲われた二ヶ所の賭場同様、皆殺しにされていたでしょう」

「賭場荒らしは、金箱を盗らずに引き揚げたのだな」

「そうです」

「まず代貸から、殴り込まれたときの様子を訊こう。それから尾花屋や子分、賭場の客たちの骸あらためを始める」

「昇三郎は、金箱のそばに立っています。行きましょう」

先に立って、前原が歩き出した。

無言でうなずいて、錬蔵がつづいた。

三

真夜中の九つ（午前零時）はとっくに過ぎていた。

（この刻限だと、溝口さんたちはぐっすりと寝込んでいるはず。いくら大滝の旦那の指図でも、叩き起こすのは気が重いな）

そんなおもいにかられながら、鞘番所の木戸の潜り戸を開けて足を踏み入れた安次郎は、小者詰所の物見窓の窓障子が、派手な音を立てて開けられたのに驚いて立ち止まった。

開け放たれた窓障子の間から顔を覗かせて、遅番の小者が声をかけてきた。

「安次郎さん、大滝さまと一緒じゃないのかい」

「旦那は賭場荒らしに殴り込まれた賭場で、骸あらための真っ最中だ。おれは、大滝の旦那の命を受けて、北町組の同心の方々を呼びにきたところさ」

「そりゃ、よかった」

小者のおもいもしなかったことばにむかっ腹を立てた安次郎が、尖った口調でいった。

「よかった、とは、どういう了見だい。軽口に付き合っている閑はないぜ」

あわてて小者が応じた。

「軽口なんかじゃないんだよ。実は溝口さんから大滝さまへの言伝を頼まれているんだ」

「言伝？」

鸚鵡返しをした安次郎に小者が告げた。

「大滝さまがお帰りになるまで、同心一同、御支配の用部屋で待っている、というおことばだ」

「旦那の用部屋で待っているだって。そいつはありがてえ」

「ありがてえって、何がありがたいのさ」

訊いてきた小者に、

「なに、こっちの話だ。旦那の指図をつたえに、用部屋へ行ってみるよ」

応じて、安次郎が足を踏み出した。


半刻（一時間）後、安次郎は、賭場で、前原や松倉たちとともに骸をあらためていた。

賭場の一隅で、錬蔵は溝口から報告を受けている。

最初に、牢に入れていた破落戸たちを勝手に取り調べたことを詫(わ)びた溝口が、猪十(いのじゅう)という破落戸から聞き出したことを話し出した。

破落戸や遊び人たちはすべて無宿人だということ、行徳で土浦の権次という渡世人に、

「いい金儲(もう)けの口がある。多少荒事だがな」

と声をかけられ深川に連れてこられたこと、洲崎弁財天近くの漁師小屋に寝泊まりして権次に命じられるまま動いていたこと、権次は、どこか知らないが猪十たちとは別のところを足場にしていることなどを、溝口はかいつまんで錬蔵につたえた。

聞き終えた錬蔵は、うむ、とうなずき、黙り込んだ。

ややあって、顔を上げた錬蔵が骸あらためをしている前原、安次郎、松倉ら同心たちに視線を流して声をかけた。

「みんな、集まってくれ」

手を止めて振り向いた一同が、一様に首をひねって立ち上がった。


賭場の一隅で、半円状に居流れた前原、安次郎、溝口、松倉、八木、小幡ら鞘番所の面々を前に、錬蔵が告げた。

「賭場の骸あらためはここまでとする。骸の片付けは自身番の小者たちにやってもらう。殺された賭場の客たちの身元を記した書付を、明日にでも届け出るように不動一家の代貸昇三郎に命じて、われわれは引き揚げる」

訝(いぶか)しげな表情を浮かべた一同を見渡して、錬蔵がことばを重ねた。

「鞘番所でそれぞれ半刻ほど仮眠をとった後、暁七つに、猪十に道案内させ、洲崎弁財天近くの漁師小屋を襲う。小屋で寝泊まりしている無宿人たちを引っ捕らえるのだ」

緊張を漲(みなぎ)らせ、一同が大きく顎(あご)を引いた。

四

真夜中九つ（午前零時）を遥かに過ぎているというのに、付け馬道場と陰口を叩かれている黒石道場の奥の間では、行燈（あんどん）に、まだ明かりが灯っていた。

座敷で松浪屋と佃の鮫八が、向かい合って胡座（あぐら）をかいている。

「黒石さんたち、そろそろ帰ってきてもいい刻限だな」

話しかけた松浪屋に鮫八がこたえた。

「昨日、不動一家の賭場に、鞘番所の奴が張り込んでいたと不動一家を見張っていた子分たちが知らせてきた。それで、賭場を荒らした後、足がつかないようにいったん舟二艘に分乗して佃沖へ出、少し時をおいて洲崎弁財天近くの岸に上陸して、道場にもどってくるという段取りにした。いまごろ舟から下りている頃じゃねえかな」

「そうか。待つしかないな」

「黒石さんのことだ。しくじりはねえだろうよ」

「そうだな」

にやり、とした松浪屋に笑みをたたえて鮫八が応じた。

洲崎弁財天近くの岸辺に二艘の舟が接岸していた。

長脇差と、盗人かむりに使ったとおもわれる手拭い(てぬぐい)に脚絆(きやはん)、小袖(こそで)をたすきで束ねて小脇に抱えた浪人たちが、相次いで舟から下りてくる。

最後のひとりが岸に下り立ったのを見届けて、浪人のひとりが頭格(かしら)らしい浪人に声をかけた。

「先生、揃いました」

先生と呼ばれた浪人は、黒石道場の主、黒石鎌十郎であった。

船頭に、黒石が告げた。

「御苦労。親分には、船頭衆はよく働いてくれたとつたえておく」

「お願いしやす。それじゃ、これで」

会釈(えしやく)した兄貴分らしい船頭が、竿で岸を突いた。

もう一艘の舟が、それにならう。

離れていく舟二艘をしばし見送った黒石が、一同に声をかけた。

「引き揚げるぞ」

歩き出した黒石に、無頼浪人としか見えない門弟たちがつづいた。

黒石道場の奥の間に入ってきた黒石と門弟たちが、松浪屋や鮫八と向かい合うように胡座をかいた。長脇差とたすきで束ねた小袖などを傍らに置く。

「首尾はどうでした」

問いかけた松浪屋に黒石がこたえた。

「尾花屋の主人は殺した。が、突然、踏み込んできた鞘番所の大滝たちに邪魔をされて金箱を奪えなかった。その分、手当をはずんでもらいたい」

「多少の色はつけますが、もともとは、奪った金は余得ということで、黒石さんの自由にしてもらっていい、という話で始まったこと。できれば鞘番所の連中と戦って、金箱を奪い盗ってきてもらいたかったですね。私には、黒石さんらしくない臆病風に吹かれた動きとしかおもえませんが」

苦笑いした黒石が、

「そういうな。鞘番所北町組支配の大滝は強い。ともに踏み込んできたふたりも腕が立つ。門弟のひとりが大滝と斬り合って手傷を負った。それも刃を合わすことなく、たった一太刀でだ。怪我人をその場に放置していくような仕儀に至ったら、それこそ足がつくことになりかねぬ、と考えて退却してきたのだ」

「それはそうですね」

と相槌を打った松浪屋に鮫八が声をかけた。

「これで鞘番所が乗り出してきたことがはっきりした。この際、一気に事をすすめたほうがいいのではないか」

「そうだな」

首をひねった松浪屋が、鮫八に目を向けてことばを継いだ。

「なるべく鞘番所とは揉めないようにしたいとおもっていたが、こうなれば多少のいざこざも仕方がない。一気にいこう」

不敵な笑みを浮かべた松浪屋が、さらにことばを重ねた。

「鮫八、おれとおまえも若い頃は、佃沖で漁をしていた漁師仲間だ。築地しながら土地を広げてきた深川のなかで、いまだに海と呼ばれて下に見られている佃で生まれ育ったおれたちが、海を足場に陸側に打って出て、ともにこの深川一帯を仕切る身に成り上がろう」

「とことんやってやるぜ」

鮫八が、ふてぶてしい笑みを返した。

脇から黒石が声を上げる。

「おれも付き合おう。いいおもいをさせてくれ」

見合った松浪屋と鮫八、黒石が強欲な本性を露わに薄ら笑った。

五

朝八つ半（午前三時）過ぎ、猪十を道案内に、錬蔵以下溝口ら同心たちと前原、安次郎の面々は、桝居と小紅楼の見世先で野博奕をしたり、見世に入ろうとする客たちに嫌がらせをしていた無宿人たちを捕らえるべく、鞘番所を後にした。

人の住むことが禁じられた海辺の一画に、五軒の漁師小屋が建てられている。そのうちの三軒に無宿人たちが住み暮らしていた。

錬蔵と小幡、溝口と八木、松倉と前原に安次郎がそれぞれ一組となった。

漁師小屋の前に立った錬蔵が呼ばわった。

「鞘番所の無宿人狩りである。これから押し入る。抗えば、怪我をすることになるぞ」

それを合図に小幡が、溝口が、安次郎が、それぞれ押し入ると決められた漁師小屋の戸を蹴破った。

抗う者はいなかった。

神妙に両手を交差させて顔の前に差し出した無宿人たちに縄をかけ、錬蔵たちは洲崎の浜から引き揚げていった。

数珠（じゅず）つなぎにした無宿人たちを引きまわしながら、錬蔵たちは鞘番所にもどってきた。

安次郎が木戸門の潜り戸をくぐってなかに入り、木戸門の閂（かんぬき）を外して、両開きの扉の一方を開けた。

気づいた小者ふたりが、小者詰所から飛び出してきて、門扉を開けるのをてつだった。

錬蔵を先頭に無宿人たちの縄尻をとった小幡や八木、前原がなかに入っていく。

北町組の牢屋に向かって、歩を運んでいく錬蔵たちを、建屋の陰に身を潜めた鞘番所南町組支配片山銀十郎（かたやまぎんじゅうろう）が、身じろぎもせずに見つめていた。

小半刻（三十分）後、片山は南町組の支配用部屋で同心の大熊五郎次、飯尾釜太郎と向き合って座っていた。

不満げに大熊が口をとがらせた。

「突然の呼び出し、何があったんですか」

欠伸まじりに飯尾がぼやいた。

「昨夜は、大熊とふたりで門前仲町の茶屋で真夜中の九つ過ぎまで馳走に与ってたんで、まだ酔いが抜けていない。もう少し寝かせてくださいよ」

渋面をつくって、片山がいった。

「北町組の奴らは、朝っぱらから無宿人狩りでもやったのか、人相の悪い連中十人ほどに縄をかけ、先ほど引き揚げてきた。おれたち南町組も、もう少し務めに身を入れるべきではないか。そうはおもわぬか。たとえば、だ」

しらけた顔つきで大熊が訊いてきた。

「たとえば、何ですか」

うんざりしたのか、溜息まじりに飯尾がつぶやいた。

「いまさら、何をいってるんですか。北町組は北町組のやりたいようにやらせておけばいいではないですか。南町組はいまのままでいいんですよ」

ふたりを見据えて、片山が告げた。

「このところ賭場荒らしがつづいていると小者たちがいっていた。大滝はじめ北町組の連中は、賭場荒らしの下手人を追って、探索をつづけているという。おれたちも賭場荒らしの一件の探索に乗り出そうではないか」

呆れたように大熊が応じた。

「三好(みよし)が横死して、ひとり足りなくなったので補充してくれと頼んだのに、南町奉行所からは何の音沙汰もない。たった三人で何ができるというのですか。まともな探索など、とてもできませんよ」

脇から飯尾が声を上げた。

「そうですよ。御支配、大熊がいうとおりです。いままでどおりでいいじゃありませんか」

「おまえたちは、ほんとに、何といっていいか」

つぶやいた片山が、肩を落として黙り込んだ。

六

　無宿人たちの取り調べを溝口と八木にまかせた錬蔵は、松倉と小幡の組、前原、錬蔵と安次郎の組の三つに分かれて、土浦の権次と賭場荒らしのやくざたちについて土地のやくざ一家に聞き込みをかけるべく、昼前に鞘番所を出た。

最初に、錬蔵と安次郎が顔を出したのは佃一家だった。

「鞘番所北町組支配の大滝錬蔵である。訊きたいことがある。親分はいるか」

表戸を開けてなかに入るなり、錬蔵が声をかけた。

呼びかけに応じて出てきた子分が、錬蔵にしたがう安次郎を見るなり、驚いて顔を背けた。

　すかさず安次郎が声をかける。

「どっかで見た顔だとおもったが、この間、おれが聞き込みをかけていたとき、浪人たちと一緒に、おれを追いかけてきた奴じゃねえか。覚えているだろう」

　安次郎と視線を合わせないようにした子分が、顔をしかめて声を高めた。

「知らねえ。人違いじゃねえか。早く親分に取り次がなきゃ」

あわてて奥へ引っ込んだ子分に、錬蔵と安次郎が目と目で小さくうなずき合った。

間を置くことなく奥から子分数人をしたがえた佃の鮫八が出てきて、板敷きの上がり端に座った。背後に控える子分たちも、それにならう。

姿勢を正した鮫八が、錬蔵を見つめていった。

「佃一家を束ねる佃の鮫八でございます。鞘番所北町組支配の大滝さま直々のお出まし、こんなところでお話しするわけにはいきません。どうぞ奥へお入りなすってくださいまし」

「それには及ばぬ。少し訊きたいことがあるだけだ」

「どんなことで」

「土浦の権次という渡世人を知らないか」

ずばり訊いた錬蔵に、

「土浦の権次という渡世人ですか。聞いたことのない名ですねえ」

表情ひとつ変えずに応じた鮫八が、背後の子分たちに、振り向くことなく声をかけた。

「おめえたち、土浦の権次って野郎を知ってるかい」

「いいえ」

「知りません」

相次いで子分たちが声を上げた。

「そうか、こころあたりがないか」

じっと鮫八を見つめて、錬蔵がさらに問うた。

「昨夜、不動一家の賭場が襲われた。そのとき、不動一家の賭場近くの木立に佃一家の子分たちが潜んでいたのを見かけた。その子分たちの近くから、喧嘩支度のやくざたちが飛び出してきて、立ち番をしていた不動一家の子分たちを斬り殺して賭場に押し入った。張り込んでいたおれは、その様子をこの目でしかと見届けている」

大仰に驚いてみせた鮫八が、錬蔵に訊き返した。

「昨夜、不動一家の賭場が荒らされたんですか。永居一家、石場一家と、このところつづけざまに賭場荒らしが暴れまくっている。ふてえ奴らだ。うちの賭場も荒らされねえように気をつけなきゃいけねえ」

再び鮫八が、子分たちに向かって声をかけた。

「おまえたち、油断するんじゃねえぞ」

「わかりやした」

子分のひとりがこたえ、他の子分がうなずいた。

顔を錬蔵に向けて、鮫八がいった。

「さっき、あっしの子分が不動一家の賭場近くに潜んでいた、大滝さまは、その子分たちを見かけている、と仰有いましたが、勘違いじゃありませんか。夕べは、一家で話し合うことがあって、子分たちはみんな、ここにいましたぜ」

「そのことば、嘘ではないな」

「あっしは、嘘と坊主の頭はゆったことはありません。神かけて誓いますぜ」

眉ひとつ動かさずに鮫八がいいきった。

「神かけて誓うか」

念を押した錬蔵が、ことばを重ねた。

「いいだろう。今日のところは、そういうことにしておこう」

「今日のところも何も、あっしは決して二枚舌は使いません」

にんまりした鮫八から、奥へ視線をうつして錬蔵が呼びかけた。

「そこの柱の陰に立っている浪人、気になるのなら、ここへ出てきて話を聞いたらどうだ」

柱の後ろから顔を覗かせた浪人が、苦笑いをして小さく会釈し、そそくさと奥へ消えた。

視線を鮫八にもどして、錬蔵が告げた。

「鮫八、手間をかけたな」

そう告げて錬蔵が鮫八に背中を向けた。

足を踏み出した錬蔵に安次郎がつづいた。


外へ出た錬蔵が歩みをすすめながら、一歩遅れてついてくる安次郎に話しかけた。

「様子を窺っていた浪人に見覚えはないか」

「知らない顔です。ただ、佃一家に出入りしている浪人となると、付け馬道場の誰かじゃないかと」

「たぶん、そうだろう。付け馬道場に乗り込んで他流試合を申し入れ、太刀筋と顔をあらためるか」

「おもしれえ。善は急げだ。いまから行きますか」

どこか楽しげな安次郎の物言いだった。

「やめておこう」

おもいもかけない錬蔵の返事に、

「やめる？　なぜです」

訝しげに安次郎が訊いてきた。

「臑に疵持つ輩だ。下手に乗り込むより、いまは何も仕掛けずに泳がせていたほうがいいだろう」

「最初に出てきた子分は、あっしを追いかけてきたひとりです。しらばっくれていたが、間違いありません」

「佃一家への聞き込みは無駄ではなかった。佃の鮫八が嘘をついているのは明らかだ。近いうちに必ず動く。おれの勘が、そう告げている」

「旦那の勘は、まず外れがないですからね。待ちますか」

「そうだな」

口調を変えて錬蔵がいった。

「さて、次は不動一家へ行こう。代貸の昇三郎が、殺された賭場の客たちの名を、わかっているかぎり書き記した書付をつくっているはずだ」

歩みを早めた錬蔵に、安次郎がならった。

七

　この日、お滝は嘉吉から、

「どういうわけか、今日は見世の前で嫌がらせをしている破落戸たちと、野博奕をやっている遊び人たちの姿がない」

　との報告を受けて、久し振りに気分のいい日だった。

　が、その気分も、昼過ぎに押しかけてきた松浪屋によって打ち壊されてしまった。

「女将さんは、話し合う気はないと仰有ってます」

　と断る嘉吉を押しのけて、

「同業の者が話にきたんだ。門前払いはないだろう」

　強引に主人控えの間に押しかけた松浪屋が、お滝の前に座るなりいった。

「どうだね。そろそろ小紅楼を売る気になってもいいいんじゃないのかい」

　お滝がきっぱりといい放った。

「売る気はありません。引き揚げてくださいな」

凄みのある目つきで見据え、薄ら笑いを浮かべた松浪屋が、お滝に告げた。

「売る気になるようにしてやろうか。いくらでもやり方はあるんだ」

「あたしに脅しはきかないよ」

睨みつけたお滝に、

「その威勢が、いつまでつづくかな。今日のところは引き揚げる。またくるからな」

せせら笑って松浪屋が立ち上がった。

いままでと違って、あからさまに脅しをかけてきた松浪屋に、お滝は恐怖と不安にかられた。

引き揚げていく松浪屋を見届けたお滝は、

「河水楼に行って、藤右衛門親方に話を聞いてもらう。後を頼んだよ」

と嘉吉にいい、出かけていった。

小走りに行くお滝をつけていくひとりの浪人がいた。松浪屋はお滝が、必ず相談する相手のところへ出かけていくだろうとふんで、付け馬道場の門弟のひとりに小紅楼を見張らせていたのだった。

河水楼に駆け込んでいくお滝を、つけてきた浪人がじっと見つめている。周囲を見渡した浪人は、張り込む場所を見つけ出したか一歩足を踏み出した。

河水楼の主人控えの間で、藤右衛門とお滝が向かい合っている。

話を聞き終えた藤右衛門が、お滝に訊いた。

「松浪屋は、売る気になるようにしてやろうか、といったのか」

「そうです」

うむ、とうなずいて藤右衛門が黙り込んだ。

しばしの沈黙が流れた。

顔をお滝に向けて、藤右衛門がいった。

「一晩考えさせてくれ。明日、昼過ぎに小紅楼に顔を出す」

「よろしくお願いします」

深々とお滝が頭を下げた。

この日の夜四つ（午後十時）過ぎ、突然、響き渡った半鐘の音に、藤右衛門は主人控えの間から表へ向かった。

通りへ出た藤右衛門の目に、火の手の上がっている方角から駆けもどってくる政吉の姿が映った。

気づいて近寄ってきた政吉が、藤右衛門に告げた。

「火元は桝居です」

「桝居だと」

声を高めた藤右衛門が、突然走り出した。

後を追った政吉は、桝居の屋根の上に消し口を示して纏を立てている纏持ちを見上げている藤右衛門を見いだした。

そばにきた政吉を振り向くことなく、藤右衛門は食い入るように燃え上がる桝居を見つめている。

火消したちが走りまわっていた。

そんな火消したちの動きも目に入らぬように、藤右衛門は立ち上る炎を見つめている。

いま藤右衛門は、お滝から聞いた、

「売る気になるようにしてやろうか」

という、松浪屋のことばをおもい出していた。

（松浪屋がいった『売る気になるようにしてやろうか』ということばは、このことを意味していたのかもしれない）

そう推察しながら藤右衛門は、燃えつづける桝居に目を据えている。

五章　物は試し

一

牢屋の前に、錬蔵はじめ溝口ら同心たち、前原と安次郎が立っている。

取り調べを終えた後、隣り合う牢に分けて入れた、引っくくった者たちを見やっていた。

漁師小屋で捕らえた連中のほとんどは、だんまりを決め込んでいる。

が、ひとりだけ猪十の白状した話を、

「そのとおりでございます」

とこたえ、神妙な態度とった三十そこそこの末松（すえまつ）という無宿人がいた。

（これ以上、調べても何も出てこぬ）

そう判じた錬蔵は、いったん調べを中断し、だんまりを通した連中をひとまとめにして牢に入れ、その隣の牢に猪十と末松を入れたのだった。

　ふたつの牢のなかを見くらべた溝口が、揶揄する口調でいった。

「取り調べに応じてくれた猪十や末松と、黙りつづけた奴らを同じように扱うのは業腹だ。だんまりをつづける奴には、一日に一度だけ飯を食わせる。そうしたほうが何かとしめしがつくのではないか」

　隣りにいた八木が茶々を入れた。

「見てみろ、だんまりをつづけている奴らの顔を。恨めしそうな顔して上目遣いに見つめている。いまにも祟りそうな目つきだ」

「たしかに」

　脇から小幡も同調する。

「祟れるものなら祟ってみろ。祟る気も起きないほど、とことん責め上げ、調べつくしてやる」

　凄みのきいた目で、溝口が無宿人たちを睨みつけた。

　怖じ気づいたのか、首をすくめて無宿人たちがうつむく。

　割って入った松倉が、笑みをたたえてたしなめた。

「そのくらいでやめておけ。あんまりからかうと、ほんとうに呪われるぞ」

　顔を見合わせて、前原と安次郎が苦笑いを浮かべる。

話が一段落したのを見届けて、錬蔵が告げた。

「さて、少し休んで、だんまりを決め込んでいる連中を調べ直すか。新たな手がかりがつかめるかもしれぬ」

無言で一同がうなずいたとき、牢屋の扉が勢いよく開けられ、小者が飛び込んできた。

「火の手が上がっています」

声を高めた小者に前原が訊いた。

「どこだ」

「土橋の方角です」

そのこたえに錬蔵が声を上げた。

「土橋だと」

いったんことばを切って、錬蔵がつぶやいた。

「まさか桝居が火元では？」

すかさず安次郎が訊いた。

「ひとっ走りして、見てきましょうか」

走り出そうとした安次郎に、錬蔵が声をかけた。

「待て。おれも行く」

振り向いて、つづけた。

「溝口、松倉と八木とともに猪十と末松以外の者を牢から引き出し、もう一調べしてくれ」

「承知しました」

溝口が応じた。

「小幡、前原、おまえたちもこい。火元が枡居だったら、付け火のおそれもある。念入りに調べねばならぬ」

無言で、前原と小幡が強く顎を引いた。

二

火事場に錬蔵たちが駆けつけたときには、火は消えかかっていた。

消火のために走りまわる火消したちの邪魔にならないあたりで、錬蔵たちは足を止めた。

先頭にたって走ってきた安次郎が、背伸びして火元を見つめた。

振り返って錬蔵にいった。

「旦那、焼けているのは桝居ですぜ」

「おれの勘があたったか。桝居の主人は賭場荒らしに斬り殺されている。桝居は不運つづきだと、いいきるのは簡単だ。付け火のおそれもある。とことん調べつくそう。手がかりが残っているかもしれぬ」

傍らに立つ前原が、

「藤右衛門がいます」

と、指で差し示した。

見やった錬蔵の目に、野次馬たちの一番前で、桝居の火事を眺めている藤右衛門の姿が映った。

錬蔵が安次郎、前原、小幡へと視線を流して告げた。

「探索を始めてくれ」

一同がうなずき、錬蔵に背中を向けた。

三方に分かれて、桝居に近寄っていく。

見送った錬蔵が、藤右衛門に向かって足を踏み出した。

火事場から逃げ出してきた桝居の女将や男衆、客と芸者たちを、藤右衛門は凝然と見つめている。

「藤右衛門」

呼びかけるまで、藤右衛門が錬蔵に気づくことはなかった。

振り返った藤右衛門が驚きの表情を浮かべた。

「大滝さま、出役されたのですか」

「土橋のほうで火の手が上がっている、と小者が知らせにきた。ひょっとしたら火元は桝居ではないか、桝居だったら、賭場(とば)荒らしの一件とかかわりがあるかもしれぬとおもったので出張ってきた」

硬い顔つきで藤右衛門がこたえた。

「私も、そんな気がして駆けつけました。火消したちが頑張っているので、いまの様子では、ほぼ半焼ですむでしょう。風のないのが幸いでした。が、この火事騒ぎで、桝居の命運は尽きたかもしれませぬ」

つぶやいた藤右衛門に錬蔵が問いかけた。

「どういうことだ。命運が尽きたとは、聞き捨てならぬ」

曖昧な笑みを浮かべて、藤右衛門がいった。

「あくまでも、商いの話でございます。お聞き捨てください」

ことばを切った藤右衛門が、ため息をついて、ことばを重ねた。

「いささか疲れました。これで引き揚げさせていただきます」

頭を下げた藤右衛門に錬蔵が告げた。

「近いうちに顔を出す」

「いつでもおいでください」

再び頭を下げて、藤右衛門が背中を向けた。

歩き去る藤右衛門を、身じろぎもせず錬蔵が見つめている。

三

すでに火は消えている。

火消したちが、くすぶる木材の後始末をしている。

とても火消したちに、聞き込みをかけられるような様子ではなかった。

客や芸者たちに、桝居の女将や仲居、男衆が何くれと世話を焼いている。

その様子を横目に、錬蔵は前原、小幡、安次郎と、桝居の焼け跡をあらためた結果を話し合っていた。

　首をひねって前原がいった。

「裏手のほうが焼け方が激しい。煮炊きするなど火を使うことが多い板場は焼けていない。火元はどこだったんだろう」

　脇から小幡が声を上げた。

「みょうな焼け方だな。火の気のないほうが焼け落ちている」

　口をはさんで安次郎がいった。

「茶屋の裏手は、表と違って安普請のことが多い。不幸中の幸い、建て直すにしても普請代は安くすみそうですね」

　それぞれの見立てを話し終えたと判じた錬蔵が、一同に告げた。

「真夜中の九つはとうに過ぎている。引き揚げよう」

　歩き出した錬蔵に一同がつづいた。


　鞘番所にもどった錬蔵たちは、その足で吟味部屋へ向かった。

　吟味部屋には明かりが灯っていた。

　まだ溝口たちは、だんまりを決め込んでいた無宿人たちを調べているのだろう。

入ってきた錬蔵たちに気づいて、壁際に置いてある縁台に腰掛けていた溝口と八木、松倉が立ち上がった。

無宿人たちは後ろ手に縛られ、土間にうつぶしている。無宿人たちは一本の縄で両足首を縛られ、数珠つなぎにされていた。

年嵩の松倉が声をかけてきた。

「すべての無宿人が土浦の権次とのかかわりを認めました。白状したなかみは猪十や末松とほぼ同じです。溝口や八木の責め方も情け容赦のないものでしたが、そういうやり方でなければ、こいつらは口を割らなかったでしょう」

「そうか」

こたえた錬蔵が、溝口と八木を見やった。

やりすぎた、とおもっているのか、ふたりがあわてて目をそらす。

「すでに日付は変わったが、今日の動きの段取りを決めたい。無宿人たちを牢にもどして、用部屋へきてくれ」

叱責されるのではないか、とおもっていた松倉や溝口、八木が、どこか、ほっとしたような顔つきで大きくうなずいた。

用部屋で錬蔵と向かい合って松倉、溝口、八木、小幡の同心たちが、その斜め後ろに前原と安次郎が座っている。

桝居の火事騒ぎと相次ぐ賭場荒らし、小紅楼や桝居への嫌がらせなどの悪巧みのもとは松浪屋だと、錬蔵は推測している。

一同に視線を流して、錬蔵が告げた。

「土浦の権次がどこに潜んでいるか、このまま聞き込みをつづけるより、物は試しだ。一か八かの勝負をかけてみようとおもう」

予想だにしなかった錬蔵のことばに、一同が驚いて顔を見合わせた。

錬蔵がつづけた。

「明日から溝口と八木は猪十を連れて佃一家の表を、松倉と小幡は末松をしたがえて佃一家の裏手に張り込むのだ。なるべく目立つように見張れ。猪十と末松は土浦の権次の顔を知っている。もちろん権次も、ふたりの顔は見知っているだろう。これは、あくまでもおれの勘だが、権次は佃一家に身を潜めているに違いない。無宿人たちは漁師小屋を根城にしていた。松浪屋と佃の鮫八は、ともに漁師上がりだと聞いている。鮫八は佃の漁師たちに顔がきくはずだ」

口をはさんで八木が訊いてきた。

「漁師たちに聞き込みをかけてみましょう。何かわかるかもしれない」

「後難をおそれて漁師たちは、何も話さないだろう。いまは、何が起こるか見極めるために動くべきだ」

脇から溝口が声を上げた。

「私好みの一か八かの策。おもしろくなりそうですな。佃一家の連中が仕掛けてきたら、容赦なく痛めつけてもいいのでしょう」

不敵な笑みを浮かべた溝口に、錬蔵が応じた。

「まかせる」

ざわめいた一同が鎮まるのを待って、錬蔵がことばを継いだ。

「おれと前原は、付け馬道場に乗り込む。安次郎はおれたちと溝口たち、松倉たちとのつなぎの役を担って、走りまわってくれ」

「わかりやした」

応じた安次郎から溝口ら同心たちに視線を移し、錬蔵が告げた。

「朝五つに鞘番所を出る。溝口たちはふたりを牢から引き出し、五つまでに木戸門の裏にきてくれ。おれは前原や安次郎とともに、そこで待っている」

厳しい顔つきで一同が大きくうなずいた。

四

翌朝五つ（午前八時）、木戸門の門扉の裏に錬蔵と前原、安次郎、猪十を連れた溝口と八木、松倉と小幡と末松たちが集まった。

一同に視線を流して、錬蔵が告げた。

「それぞれの持ち場へ向かおう。抜かりなく頼む」

一同が無言でうなずく。猪十と末松は、これから起きることにたいして不安にかられているのか、顔色が悪かった。

〈一刀流　黒石道場〉

との看板が、向かって右端の柱に掲げられている。

付け馬道場こと黒石道場の前に錬蔵と前原は立っていた。安次郎は、付け馬道場を見張ることができる通り抜けに身を潜めている。

四枚の腰高障子（こしだかしょうじ）の表戸の、なかほどの一枚を開けると、土間からつづく五十畳ほどの広さの板敷が見えた。

見たところ、黒石道場は呉服問屋を改造した造りで、土間からつづく、反物などを広げて客の応対や商談をすすめたりする畳敷きを、板敷きに張り替えて道場にしたのだろう。

道場には、人の姿はなかった。

「頼もう」

かけた前原の声に、

「何だ。今日は稽古は休みだ」

奥から、無頼浪人としか見えない門弟が出てきた。

袴(はかま)を身につけただけの、いかにも浪人然とした出で立ちの前原の後ろに立つ、羽織(はおり)袴を身につけた、一目見ただけで町奉行所与力とわかる錬蔵の姿に、浪人が驚いて目を見張った。

穏やかな口調で錬蔵が声をかけた。

「深川大番屋北町組支配の大滝錬蔵だ。当道場については、いろいろ噂を聞いている。黒石先生に会いたい。取り次いでくれ」

「すぐ取り次ぎます。暫時(ざんじ)お待ちください」

跳ねるようにして背中を向けた浪人が、奥へ消えた。

ほどなくして、門弟十数人を引き連れた黒石が出てきた。門弟のなかには白布で腕を吊った者もいる。

上がり端に立ったまま、黒石が告げた。

「当道場の主、黒石鎌十郎です」

にやり、として錬蔵が応じた。

「最近、躰がなまっている。剣の錬磨のために他流試合をしたいとおもってきたのだ」

「お断りする」

にべもない黒石のことばを意に介さず、錬蔵がいった。

「いろいろな悪評には耳を貸さぬ。その代わりに、他流試合の申し入れを受けろ。悪い話ではなかろう」

「もし断ったら、どうする」

「悪評について問いただすために、深川大番屋まできていただくことになる。おとなしくきていただけないときには、それなりの手立てをとって、腕ずくでも連れていく」

門弟たちが顔をしかめて、たがいに見合った。

ざわついた門弟たちの様子に、観念したのか、渋々黒石がこたえた。

「痛くもない腹だが、我々にとって悪い話ではない。他流試合の申し入れ、受けよう」

「ありがたい。さっそく始めよう。あいにく、真剣しか持ち合わせていない。しかし、真剣というわけにはいくまい。木刀を用意してくれ」

「承知した。役人だといって手加減はしないぞ」

「望むところだ」

錬蔵が不敵な笑みを浮かべた。


一方の壁際に前原、もう一方の壁際に黒石と門弟たちがならんでいる。板敷きのなかほどで、下段に構えた錬蔵と大上段に木刀を置いた門弟のひとりが向き合っている。

裂帛(れっぱく)の気合いを発して打ち込んできた門弟の木刀に、手にした木刀をぶつけた錬蔵が、勢いを弱めることなく木刀を振り上げる。

撥(は)ね上げられた木刀が、天井に当たり、派手な音を立てて板敷きに落ちて転がる。

「まいった」

しびれたのか、手をぶらつからながら小さく頭を下げた門弟に、錬蔵が声をかけた。

「どこかで見た太刀筋。どこで見たか、おもい出せぬ」

首を傾げて見やった錬蔵に、

「今日初めて立ち合った。見間違いでござろう」

目を泳がせながら、あわてて門弟がこたえ、躰を丸めるようにして、もともと控えていた場所にもどった。

居ならぶ門弟たちに目をもどした錬蔵が、白布で腕を吊った門弟に目を留めた。

「おぬしとは、まだ立ち合っていなかったな。片腕でもいい。稽古に付き合ってくれ」

「勘弁してください。このとおり」

頭を下げた門弟に、

「おぬし、名は?」

咎(とが)める口調で、黒石が口をはさんだ。

「名を訊いて、どうするのだ」

「他意はない。今度きたときのために、名を知りたいのだ」

露骨に厭(いや)な顔をして、黒石が問うた。

「またくるつもりか」

不機嫌な黒石に、気づかぬように錬蔵がいった。

「そのつもりだ」

顔を腕を吊った門弟に向けて、錬蔵がことばを継いだ。

「名を知りたい。教えてくれ」

ちらり、と門弟が黒石に目を走らせた。

渋面(じゅうめん)をつくった黒石が、そっぽを向く。

諦めたように門弟がこたえた。

「持田常太郎(もちだつねたろう)」

「持田常太郎殿か。次にきたときには立ち合ってくれ」

門弟たちに視線を流して、錬蔵がつづけた。

「さて、これで門弟衆との立ち合いは一巡した。もう一巡、立ち合ってもらおうか」

　やる気満々で、錬蔵が右手に持った木刀を一振りした。

五

　佃一家の表戸を細めに開けて、権次が表の様子を窺っている。

　背後に鮫八と子分数名が立っていた。

　振り返って、権次が鮫八に話しかけた。

「間違いありやせん。鞘番所の同心たちのそばにいるのは、無宿人の猪十で」

「やはり、そうか。さっき覗き見たときに、見覚えのある顔だとおもったが、小紅楼の前で嫌がらせをやらせていた野郎だったか」

　子分たちを振り向いて、鮫八がつづけた。

「岩吉、裏でも鞘番所の同心ふたりと無宿人が張り込んでいるのだな」

　名指しで訊かれた岩吉が応じた。

「そうです。権次さんに見てもらえば、誰かわかるはずです」

「裏へ行くか」

声をかけて鮫八が歩き出した。表戸から離れた権次や岩吉ら子分たちがつづいた。

板塀に設けられた裏口がわりの潜り戸の、わずかに開けられた扉の隙間から、権次が外の様子を窺っている。

振り向いた権次が後ろにいる鮫八に声をかける。

「ふたりの同心と一緒にいるのは、桝居の前で客の出入りの邪魔をしていた末松です。しかし、何で鞘番所の同心たちは猪十と末松と一緒に張り込んでいるんだろう」

首をひねった権次に、鮫八がいった。

「鞘番所の奴らは、権次、おまえがどこにいるか、聞き込みをかけていた。権次は佃一家に潜んでいるに違いない、と見込みをつけて、張り込んでいるのだろう。狙いはおまえだよ」

「そんな馬鹿な。あっしは頼まれて無宿人たちを集め、親分の指図をつたえていただけですぜ」

皮肉な笑みを浮かべて、鮫八がいった。

「無宿人たちは、おまえの指図どおりに動いていた。おまえの背後に、おれがいるなんてことは、知っちゃいない。鞘番所の奴らも、感づいていないだろうよ」

不安なおもいにとらわれたのか、権次がつぶやいた。

「とんだ貧乏籤を引いてしまった。どうしたものか」

鋭い目で権次を見据えて、鮫八が告げた。

「おまえの顔を知っているのは猪十と末松だけだ。鞘番所の同心たちは知らない。おまえが外に出なければ、捕まる心配はない。当分の間、表に出るな。三度の飯と酒には不自由はさせねえから心配するな。わかったな」

「わかりやした。ほとぼりがさめるまで、外には出ません」

「それがいい。部屋にもどってくれ」

「そうさせてもらいやす」

応じて権次が踵を返した。

裏口の潜り戸の斜め前に立って、松倉と小幡、末松が見張っている。

「御支配の見込みどおり、土浦の権次は佃一家に身を潜めているのかな。松倉さんは、どうおもいます」

退屈極まりないのか、欠伸を噛み殺した小幡に、松倉が首をひねった。

「わからぬな。他に手がかりがない以上、無駄を承知でやるしかないだろう」

目を末松に向けて、松倉が訊いた。

「末松、権次から、どこで寝泊まりしているか、聞いたことはないか」

末松がこたえた。

「権次さんは、指図をしたり用があるときには漁師小屋にやってきました。居場所については、何ひとつ聞いておりません」

「そうか。このまま張り込むしかなさそうだな」

つぶやいて小幡が大きな欠伸をした。


座敷にもどった鮫八は、文机に向かって文を書いていた。

一家の表と裏を、桝居や小紅楼の前で嫌がらせをしていた無宿人ふたりを連れた鞘番所の同心たちが張り込んでいて身動きできない、と記した文であった。

書き終えて結び文にした鮫八が控えていた岩吉に声をかけた。

「この結び文を松浪屋に届けてくれ。どうしたらいいか、松浪屋から返事をもらってくるんだ。いいな」

結び文を受け取り、懐に入れた岩吉が、

「ひとっ走り行ってきます」

身軽な仕草で立ち上がった。


佃一家の通りをはさんで向かい側にある町家の外壁にもたれて溝口と八木が、その傍らに疲れた顔をして猪十が立っている。

佃一家から子分が出てきた。

急ぎ足で子分が遠ざかっていく。

「気になるな、いま出てきた奴」

首をひねった溝口に、

「つけてみるか」

と八木が訊いた。

「そうしてくれ」

こたえた溝口に、無言で八木がうなずいた。

つけてきた子分が松浪屋に入っていく。

（出てくるまで待つ）

と決めた八木は、張り込む場所をもとめて周りを見渡した。

松浪屋の奥の間で、松浪屋が文を書いている。

鮫八からの文を読んで焦った松浪屋は、しばし考えた後、

〈添えた鮫八からの文を読んだら、急ぎ松浪屋まできてくれ〉

と記した黒石あての文を、岩吉に届けさせようとおもい立ったのだった。

書き終えた文と鮫八から届けられた結び文を、ほどいて開いたものを重ねて、松浪屋が一通の結び文にした。

襖のそばに控えている岩吉に向き直り、手にした結び文を差し出して告げた。

「この結び文を黒石さんに届けてくれ」

「わかりやした」

膝行した岩吉が、結び文を受け取った。

松浪屋から岩吉が出てきた。

佃一家からきたときと同じように、急ぎ足ですすんでいく。

張り込んでいた町家の陰から通りへ出た八木が、ほどよい隔たりをおいてつけていった。

六

昼四つ（午前十時）前に小紅楼にやってきた藤右衛門を、お滝は、かすかな不安を抱きながら迎え入れた。

こんな刻限に藤右衛門がやってきたのは、初めてだった。

それだけではない。藤右衛門の顔が、こころなしか硬かった。目が厳しい。

主人控えの間に向かう廊下をすすみながら、お滝が話しかけた。

「いまお紋ちゃんがきて、帳面づけを手伝ってくれているんですよ」

「お紋が」

つぶやいて藤右衛門が黙り込んだ。

一瞬、重苦しい沈黙が流れる。

おずおずとお滝が訊いた。

「いや。何でもない。ただ、日をまたいで座敷に出ていることの多いお紋が、何でここにいるのか、不思議な気がしただけだ」

笑みをたたえて、お滝がいった。

「見世を持ったときの修行のつもり、とお紋ちゃんはいっていました」

「そうか。お紋は見世を持つことも考えているのか」

「芸者のほとんどが、自分の見世を持ちたい、とおもっていますよ。小料理屋だったり、居酒屋だったり、それぞれやりたい見世は違いますけど」

「そうか。お紋は、お紋なりに、いろいろと考えているのだな」

「あたしは、お紋ちゃんにとっての一番の幸せは、大滝さまのおかみさんにおさまることだとおもうんですけどね」

「そうだな」

そうこたえたきり、藤右衛門が口をきくことはなかった。

主人控えの間に入ってきた藤右衛門を、お紋が畳に手をつき、深々と頭を下げて迎えた。

　上座に座るなり、藤右衛門が告げた。

「昨夜、桝居から火が出て、半焼した」

「桝居が」

「付け火ですか」

　ほとんど同時にお紋とお滝が驚きの声を上げ、顔を見合わせた。

「付け火かどうかはわからない。私も桝居に駆けつけたが、女将さんも男衆も、お客さんのお世話で大忙しだった」

　あえて藤右衛門は、火事場で錬蔵に会った、とは口に出さなかった。この場にかかわりのないことと、判じたからであった。

「そうでしょうね」

　つぶやいてお滝が、溜息をついて独り言ちた。

「松浪屋が桝居欲しさに付け火したのかもしれない」

　聞き咎めて、お紋がいった。

「まさか。いくら何でも、付け火なんかしないでしょう」

「お紋ちゃんは、松浪屋を知らないから、そうおもうのよ。松浪屋は、いわゆる茶屋の旦那衆とは違う。破落戸同然の男だよ」

「それじゃ、稼業の筋なんか通じないね。どうしたらいいいんだろう」

眉(まゆ)をひそめたお紋に、藤右衛門が話しかけた。

「そう捨てたもんじゃないかもしれない」

「なぜ、そうおもわれるんです?」

「わしも松浪屋と同じ佃の漁師上がりだ。いま、わしが松浪屋と同じ年頃にやってきたことをおもいおこしてみると、やり口は違っても似たようなものだったのかもしれない。そんな気がするのだ」

いったんことばを切った藤右衛門が、口調を変えてつづけた。

「明日にでも、わしひとりで松浪屋に会いに行こうとおもっている」

じっと藤右衛門を見つめていたお滝が、突然、畳に両手をついて、

「ありがとうございます。ほんとうに、ありがたい」

深々と頭を下げた。

「いいんだよ。お滝。わしにできることは、何でもやってみるつもりだ。小紅楼の看板は、どんなことをしても守ってみせる。心配することはない」

「藤右衛門親方」

顔を上げたお滝がじっと藤右衛門を見つめた。

縋(すが)るような眼差(まなざ)しだった。

包み込むような優しげな目で、藤右衛門がお滝を見つめ返す。

黙ってふたりを見つめていたお紋は、

（藤右衛門親方の目は、愛しい女を見る眼差し。やはり、藤右衛門親方はお滝姐(ねえ)さんを）

そう胸中でつぶやいた後、

（明日、単身松浪屋に乗り込む藤右衛門親方の身に、何が起きるかわからない。松浪屋は破落戸同然だとお滝姐さんはいう。何とか親方の身を守ることができる、よい手立てはないかしら）

と、思案し始めた。

何度考えても、ひとつの考えに行き当たった。

（大滝の旦那に頼むしかない）

それが、いまのお紋にできる唯一のことだった。

藤右衛門に、

「商いの揉め事に、大滝さまを巻き込んではいけない」

と止められている。

が、そのことを承知の上で、

(旦那に、藤右衛門親方の身を守る手立てがないか相談するしかない)

お紋は、そうこころに決めたのだった。

七

佃の鮫八の子分をつけてきた八木は、町家の陰に身を潜めて首を傾げた。

付け馬道場の前に子分は立っている。

表戸を開けようと伸ばした手を止めた子分は、腰高障子に身を寄せた。

なかを覗き込んでいるように見える。

どんな様子かたしかめようと身を乗り出した八木に、

「八木の旦那」

押し殺した声がかかった。

ぎくり、とした八木がおずおずと振り返る。

後ろに安次郎が立っていた。

「何だ、安次郎か」

「何だはないでしょう。いつ気づくか、少し待って声をかけたんですぜ」

「そういうな。佃一家からつけてきた子分がみょうな動きをしているから、つい気をとられてしまったんだ」

はっ、と気づいて八木が問いかけた。

「御支配と前原はどうした」

「まだ付け馬道場でさ。いまごろ門弟たちの腕前のほどを探っていなさるんじゃねえですか」

「そうか」

「ところで旦那、あの野郎は、あっしがつけやしょう。旦那は溝口さんのところへもどって、佃一家を張り込んでください」

「そうよな」

首をひねって八木がこたえた。

「そうするか。どうせ、あいつは佃一家に帰ってくるだろう。後は頼む」

「まかせといておくんなさい」

微笑んだ八木が、踵を返した。

会釈（えしやく）した安次郎が、子分のほうを見やる。

数歩すすんで足を止めた八木が、もどってきて、安次郎に小声で話しかけてきた。

「つたえ忘れたことがある」

「何です」

「あいつは佃一家から出てきて松浪屋へ行き、半刻ほどなかにいた。松浪屋から出てきたあいつは、ここまで足をのばしたんだ。おそらくあいつは松浪屋から用を頼まれたのだろう」

「わかりやした。そのこと、頭んなかに詰め込んでおきやす」

「じゃあな」

再び踵を返した八木が歩き去っていく。

ほんのわずか見送った安次郎は、向き直って子分に目を注いだ。

子分は、表戸の隙間からなかを覗き込んでいる。

身動きひとつしなかった。

(野郎、なぜ、なかに入らないんだ。入れないわけがあるのかもしれねえ。どんなわけがあるのか)

胸中でつぶやいた安次郎のなかで、閃く(ひらめく)ものがあった。

（野郎、付け馬道場にやってきたことを、旦那たちに知られたくないから入らないのかもしれねえ。松浪屋から文でも預かってきたのか）

安次郎は思案をおしすすめた。

（あの野郎は佃の鮫八から松浪屋あての文を預かり、さらに松浪屋から付け馬道場の主あての文を預かって、ここまでやってきたに違いねえ）

そう安次郎は推断した。

（おそらく野郎の懐には預かってきた文が入っているんだろう。こんなとき、お俊がいたら、あっという間に、野郎の懐から文を掏りとってくるんだろうに。くそっ、おれには、お俊みたいな掏摸の腕前はないし、悔しいねえ）

歯嚙みするようなおもいで、安次郎は、じっと子分を見据えた。

戸を開けようとした岩吉が、動きを止めたのにはわけがあった。

なかから、いつもと違って、激しく木刀をぶつけ合う音が響いてきた。

黒石道場は道場とは名ばかりの、荒事すべてを引き受ける浪人たちを仲介する、無頼浪人の口入れ屋であった。

一ヶ月に数回、稽古をしているが、道場は、ほとんど門弟と称する浪人たちの酒盛りの場であった。

戸と戸の間の、わずかな隙間からなかの様子を窺う岩吉の目に、木刀で浪人たちを打ち据える錬蔵の姿が映った。

深川の町々を見廻る姿を度々見かけている岩吉は、錬蔵の顔をよく知っている。

半刻（一時間）近く岩吉は、なかの様子を窺ったり、道場の周りをうろついたりした。

が、木刀の音は、途切れたかとおもうと、すぐに聞こえてくる。

稽古はなかなか終わりそうになかった。

業を煮やした岩吉は、

（なかに入ったはいいが、使いにきたことを察知されて、親分と松浪屋の旦那からの結び文を取られでもしたら、大変なことになる。このまま引き揚げたほうがいいだろう。親分に怒られるかもしれねえが、文を取られでもしたら、叩き殺されるに違いねえ。命を取られるより、拳固の何発かを喰らうほうがましだ）

と腹をくくった。

付け馬道場の表戸に背中を向けて、岩吉が歩き出した。

気づかれぬほどの隔たりをおいて、安次郎がつけていく。

佃一家に岩吉が入っていった。

見届けた安次郎は、ちらり、と張り込んでいる溝口と八木、猪十に視線を走らせた。

気づいた溝口と八木が安次郎を見ている。

挨拶代わりに、溝口たちにかすかに頭を下げた安次郎は、付け馬道場へ向かうべく足を踏み出した。

二十間川沿いの通りへ出た安次郎は、首を傾げて立ち止まった。

蓬莱橋を渡ってくる藤右衛門を見かけたからだった。

見世を開く前の支度で、何くれと忙しいころあいである。

いつもなら河水楼にいるはずであった。

こころなしか藤右衛門の面に厳しいものが見える。

橋を渡った藤右衛門は、吉祥寺（きっしょうじ）門前へ向かって歩いていった。

再び首を傾げた安次郎は、うむ、と大きくうなずいた。

気づかれぬほどの隔たりをおいて、安次郎は藤右衛門をつけ始めた。

寛政三年（一七九一）九月四日、前夜からつづく暴風雨によって、昼四つ（午前十時）ごろに高潮が洲崎にあふれた。洲崎弁財天は崩れ落ち、別当の海潮山増福院吉祥寺は流された。入船町と久右衛門町の一部、吉祥寺門前町の町屋も人も波に呑まれ、海へ流され行方不明となった。

この高潮は、行徳から船橋、塩浜一帯の民家や住人を流し去り、関東にある多くの川を逆流して、洪水を引き起こした。

以後、幕府は再度高潮が発生することを案じて、一帯に人が住むことを禁じた。

吉祥寺門前と入船町の西に、禁制に至ったいきさつを記した石標が建てられている。

〈　葛飾郡永代浦築地

此所　寛政三年波あれの時　家流れ入死するもの少なからず　此後高なみの変はかりかたく流死の難なしといふへからす　是によりて西は入船町を限り東は吉祥寺門前に至るまで　長弐百八拾五間余の所家居取り払ひ　永く明地になしをか

るるものなり

寛政六甲寅十二月　日〉

吉祥寺門前の石標を背にして、藤右衛門は立っている。

藤右衛門は、じっと海辺を見つめていた。

浜では、四、五歳から十歳ほどの子供たちが打ち上げられた魚を拾って、近くに置いてある笊（ざる）に入れている。男の子ばかりではない。数人の女の子もまじっていた。

なかには、波打ち際まで押し寄せる白波のなかに足を踏み入れて、引いていく波にもまれている魚をつかみとっている男の子もいる。

男の子のひとりが、波に足をとられてひっくり返った。

周りにいた子供たちが、倒れてずぶ濡れになった男の子にあわてて駆け寄り、みんなで抱き起こす。

そんな子供たちを藤右衛門は、身じろぎもせず見つめていた。

小半刻（三十分）ほど過ぎた頃、藤右衛門に声がかかった。

「藤右衛門親方、何をしていなさるんで」

ゆっくりと藤右衛門が振り向く。

間近に、浅く腰をかがめた安次郎が立っていた。

「安次郎か。見廻りでもしているのか」

そばに寄って、安次郎が応じた。

「偶然お見かけしたんで、声をかけようとしたんですが、浜辺にじっと見入っておられたんで、つい声をかけそびれまして。何を見てらしたんで」

「子供たちさ」

「子供たち？」

訊き返した安次郎から視線を浜辺の子供たちにもどして、藤右衛門がいった。

「あの子供たちと同じことを、わしもやっていた」

「同じことと？」

子供たちに目を向けて、安次郎が問いかけた。

「藤右衛門親方も、浜に打ち上げられた魚を拾っていたんですかい」

「わしだけじゃない。松浪屋も佃の鮫八もそうだ。浜で魚を拾い、笊に入れて、二十間川を渡って、陸の飯屋や居酒屋に売りにいったものだ。腐りかけた魚がまじっていたりすると、たちの悪い料理人からこっぴどくとっちめられたり、殴られたりした。魚を全部取り上げて、出入りを差し止めるところだが、ただで魚をもらうことで許してやる、と蹴り飛ばされて追い出されたこともある」

「そんなことが。ひでえ話があるもんだ」

「そんなときは、いつも仲間同士で励まし合ったもんだ。そのうちに陸の奴らを見返してやる。海の者の強さを見せてやるんだって、悔し涙を流しながらな」

「悔し涙をね」

　つづくことばが安次郎にはおもい浮かばなかった。

　一心に魚を拾いつづける子供たちに目を据えたまま、藤右衛門がつぶやいた。

「わしが海を出る年頃には、松浪屋甚三郎も鮫八も浜で魚を拾っていた。ふたりとも必死になって、拾っていた。漁師の暮らしは波まかせだ。いつも貧しかった。子供たちが拾った魚を売って得た金も、日々のたつきに消えた。わしも、甚三郎も鮫八も、日々のお飯(まんま)を食うために、子供なりに死に物狂いだった」

　いったんことばを切った藤右衛門が、独り言のようにつづけた。

「上り坂に下り坂、浮世にはさまざまな坂がある。人は、そんな坂を上り下りしながら生きていく。疲れ果てて途中でしゃがみ込んだら、終わりだ」

　安次郎には、こたえることばがなかった。

魚を拾う子供たちに、藤右衛門の目は注がれている。

浜辺の子供たちを見やった安次郎は、奇妙なおもいにとらわれていた。

子供たちのなかに幼い松浪屋が、鮫八がいた。その傍らに、子供たちを見守るかのように立つ十五、六の藤右衛門の姿があった。

浜に押し寄せては引いていく波の音が、安次郎を、さらに幻影のなかに引きずり込んでいく。

藤右衛門の傍らで安次郎は、浜辺で魚を拾いつづける子供たちを身じろぎもせず見つめていた。

六章　老馬(ろうば)の智(ち)

一

何だかんだと理由をつけ、なかなか引き揚げようとしない錬蔵と前原に、黒石は苛ついていた。黒石だけではない、門弟たちも、不満を露(あら)わにしている。

「次はおぬしだ」

声をかけられたが、錬蔵の呼びかけを無視して立ち上がろうとしない門弟も出始めた。

が、一切無視して錬蔵は、

「立ち上がる気はないようだな。ならば、こちらから行く」

と木刀を構えて、その門弟に打ちかかった。

焦(あせ)って立ち上がり、四つん這いになって逃れた門弟に、別の門弟があわてて手近にあった木刀を手にとって差し出す。

逃れた門弟が木刀を受け取り、錬蔵に打ちかかった。

激しく木刀で打ち合う。

しばらく打ち合った後、その門弟に錬蔵が小手の一撃をくれた。

激痛に木刀を落としたその門弟が、手首を押さえてうずくまる。

「すまぬ。なかなかの腕前ゆえ、つい夢中になって手加減するのを忘れてしまった。数日は痛むだろうが勘弁してくれ」

門弟たちはうつむいたままで、声を上げる者はいなかった。

「次は、私が相手になろう」

木刀を手に黒石が立ち上がった。

対峙し、右下段に構えた錬蔵と、青眼に木刀を置いた黒石が睨み合う。

右下段から、左八双へと木刀を移した錬蔵に隙を見いだしたか、黒石が打ち込んだ。

その木刀を錬蔵が撥ね返す。

その勢いのあまりの強さによろけて、たたらを踏んだ黒石に錬蔵が打ち込む。

迫ってくる木刀を必死に受け止めた黒石が、後ろに跳んで下段に構える。

すかさず錬蔵が声を上げた。

「やや、いまの逃れ方、不動一家の賭場で斬り合った賭場荒らしのひとりの動きとよく似ている。ほんとうに、よく似ている」

壁際に控えていた前原が、笑い出したくなるのを懸命に押さえ込んだほどの、いつもの錬蔵とは大違いの、芝居がかった様子だった。

驚いたように顔を歪めた黒石が、一瞬、目を泳がせた。

気分を変えるつもりか、小さく首を打ち振った黒石が、

「いうに事欠いて、賭場荒らしと動きが似ているなどとは無礼千万。聞き捨てならぬ」

これまた、芝居がかった口調でやり返した。

「いや、おもわぬ失言をいたした。申し訳ない。もう一勝負、所望いたす」

声をかけるや、錬蔵が打ち込む。

拒むこともできず、黒石が木刀をぶつける。

丁々発止（ちょうちょうはっし）と打ち合ったふたりが、たがいに一歩後ずさった。

青眼に錬蔵が、右八双に黒石が木刀を構えて睨み合う。

突然、時の鐘が鳴り始めた。

片手を突き出して錬蔵が告げた。

うんざりした顔つきで黒石が訊いた。

「待てとは、何だ」

「待て」

問いかけにこたえることなく、錬蔵が指を折りながら鐘の音を数えている。

「八。昼八つか。稽古に夢中になって、昼飯を食べ忘れた」

目を黒石から門弟たちへと流し、錬蔵が声をかけた。

「近くに蕎麦屋か一膳飯屋はないか。稽古に付き合ってもらっていることへのお礼がわり、皆で一緒に昼飯を食おう。飯代はおれがもつ」

笑みを浮かべた錬蔵に、黒石のそばにきた門弟が耳打ちする。

「これではまるで、足止めを食っているようなものではありませぬか。どうします？」

「何やら探りにきているような気がする。機嫌を損なわないようにして、何しにきたか探りをいれよう」

「承知しました」

門弟が応じた。

近くの一膳飯屋で昼飯を食べ終えた錬蔵と前原、黒石ら門弟たちは、道場に引き揚げてきた。

再び稽古を始める。

半刻（一時間）ほど稽古をしては一休みし、四方山話などをしては、立ち上がって稽古をつづけた。

そんなことを二度ほど繰り返した錬蔵と前原が、付け馬道場を引き揚げたときには、すでに暮六つ（午後六時）を過ぎていた。

道場界隈から錬蔵たちの姿が消えたのを見届けた黒石は、ひとりで松浪屋へ出かけた。

町家の陰に身を潜めていたのか、通りへ出てきた前原が、気づかれぬほどの隔たりをおいて黒石の後をつけ始める。前原は、当初から決めていた段取りどおり錬蔵と別れて、付け馬道場の表を見張っていたのだった。

後ろを振り向くことなく黒石が歩いていく。黒石が尾行に気づいている様子はなかった。

町家の軒下をつたいながら、前原が慎重に歩を運んでいく。

二

表を張り込んでいた溝口と八木が猪十を、松倉と小幡が末松を連れて引き揚げたと、溝口や松倉たちを見張らせていた子分たちから報告を受けた鮫八は、裏口から松浪屋へ出かけていった。

そんな鮫八を、引き揚げたと見せかけて、つけてきた子分たちをまいて裏口近くの町家の陰に身を隠していた小幡がつけていく。

引き揚げたふりをしていたのは小幡だけではなかった。八木もまた、子分たちの目をごまかして、佃一家の表を見張ることができる通り抜けに身を置いていた。

張り込んで、すでに一刻（二時間）過ぎていた。

その間、佃一家の表戸からは、賭場へ向かうとおもわれる金箱を抱えたひとりを囲むようにした子分たちとともに、代貸とおぼしき男が出かけていっただけだった。

さらに半刻ほど張り込んだが、誰も出てこない。

（動きはない）

と判断した八木は張り込みをやめて、鞘番所へ引き揚げていった。

その頃、小幡と前原は松浪屋の表を見張っていた。

黒石をつけてきた前原が松浪屋の表を見張っているところに、鮫八を尾行して小幡がやってきた。

張り込む場所を求めて周囲に目を走らせている小幡に、張り込んでいるところから出てきた前原がさりげなく近づき、声をかけて合流したのだった。

松浪屋の奥にある甚三郎の住まいともいうべき一角の座敷で、松浪屋と鮫八、黒石が円座を組んでいた。

「夕方に岩吉がやってきて『黒石先生に届けるようにいわれた、親分と松浪屋さんの結び文を渡し損なった。道場では、鞘番所北町組の親玉と手下の浪人が乗り込んで、道場破りみたいなことをやっていた。渡そうとしたが、いい折が見つからなくて頼まれた文を持って帰ってきた。どうしようか迷ったけど、預かった結び文は、松浪屋さんに返すのが筋だとおもってやってきた。面目ねえ』と平身低頭して帰っていった」

そこでことばを切った松浪屋が、鮫八と黒石を見やってつづけた。

「あらかたのことは岩吉から聞いた。どうやら土浦の権次は疫病神になっちまったようだな」

冷酷な笑いを浮かべて、松浪屋がさらにつづけた。

「揉め事の芽は早く摘み取ったほうがいい。土浦の権次は今夜のうちに始末しよう。簀巻きにして木場の深川材木積置所堀に放り込むというのはどうだ」

一瞬、驚いて息を呑んだ鮫八が、声を荒らげた。

「いくら甚三郎のいうことでも、いまの話はお断りだぜ。そんなことをやっちゃあ、渡世の義理がたたねえ。いままで役にたってくれた男だ。簀巻きにするのは、さすがに気が引けるぜ」

せせら笑って、黒石が口をはさんだ。

「親分らしくない物言いだな。いいだろう。義理がたたないというのなら、権次はおれが始末しよう。当て身を喰らわせて気絶させた後、盥に張った水に権次の頭を突っ込んで押さえ込み、溺死させる。骸は布袋に入れて運び、深川材木積置所堀に投げ込むという段取りだ」

「そうしてくれるとありがたい。まさに死人に口なし。息の根を止めれば、権次から、おれたちの企みが漏れることはないからな」

ほくそ笑んだ松浪屋に、

「おれが手を下さなければ、義理がたたないなんて、こうるさいことを考える必要はねえ。かわいそうだが、仕方がない。権次の始末は黒石さんにまかせるよ」

薄ら笑って鮫八が黒石を見やった。

「話は決まった。これから佃一家に行って、権次殺しを仕掛けるか」

酷薄な笑みで黒石が応じた。

血に飢えた目で松浪屋と鮫八、黒石が見つめ合い、陰鬱な音骨で含み笑った。

三

翌日明六つ（午前六時）前に、木場町の自身番の番人が鞘番所に駆け込んできた。

深川材木積置所堀に土左衛門が浮いている、という。

小者詰所に詰めていた小者が、錬蔵の長屋へ番人がきたことを知らせにきた。

話を聞いた錬蔵は、小者に、溝口の長屋に行き、猪十を牢から出して八木とともに木戸門の扉の内側で待て、と溝口につたえるように命じた。

このところ裏長屋の住まいに帰らずに、錬蔵の長屋に泊まり込んでいる安次郎には、前原を長屋へ迎えに行き、ともに木戸門の内側に向かうように指図した。

指図を終えた錬蔵は、土左衛門が堀に浮いていた有様や、見つけたときの経緯(いきさつ)を番人に聞くべく、小者詰所へ向かった。

深川材木積置所堀の河岸道の水際に、土左衛門が横たえられている。

番人に道案内させて、錬蔵たちが木場町に着いたときには、土左衛門はすでに引き揚げられていた。

土左衛門にかけられた莚(むしろ)を八木がめくる。

猪十の首の後ろ側を押さえつけるようにして、溝口が骸の顔あらためをさせた。

一目見た瞬間、猪十が声を上げた。

「土浦の権次です。間違いありません」

「よく見ろ。ほんとに土浦の権次だな。見間違ってはいないな」

さらに溝口が、猪十の首の後ろをつかんだ手に力を込めた。

土左衛門の顔すれすれに、猪十の顔が押しつけられる。

「間違いありません。権次です。苦しい。首が、痛っ」

悲鳴に似た声で猪十が呻いた。

そばに立って見ていた錬蔵が声をかける。

「溝口、もういい。土左衛門は、土浦の権次に違いなかろう。骸あらためを終えたら、骸は番人たちに深川大番屋まで運んでもらう。念のために大番屋で、あらためて末松に骸の顔あらためをさせる」

歩み寄った錬蔵が、権次の骸をはさんで溝口の向かい側で膝を折った。

顔を寄せて、権次の首のまわりを調べて、錬蔵がつぶやいた。

「首を絞められた跡はない」

ことばを切った錬蔵が、権次の顔をしげしげと見つめた。

「むくんでいて、明らかに溺れ死にした骸の様相を呈している。しかし、はたしてそうだろうか」

うむ、と呻いた錬蔵が独り言ちた。

「先を越された、としかいいようのない有り様だ。おれたちが土浦の権次の聞き込みを始めた直後の死。なぜかすっきりしないものがある」

「御支配は、権次は口封じのために殺された、と推測しておられるのですか」

問いかけてきた溝口に、錬蔵が応じた。

「そうだ。権次を殺した下手人は、おそらく松浪屋、佃一家の佃の鮫八、付け馬道場の主、黒石鎌十郎のいずれかだろう。昨日、小幡と前原から、鮫八と黒石が松浪屋に入っていくのをしかと見届けた、との報告を受けている。その三人が、厄介者になってきた権次を殺そうと企んでもおかしくはない。しかし」

錬蔵が首をひねる。

閃くものがあったのか、錬蔵が思わず口に出した。

「当て身か。当て身をして気絶させ、水のなかに権次の顔を突っ込み、押さえつけた。そうすれば、土左衛門になったのと同じような姿になる」

顔を溝口に向けて、錬蔵が告げた。

「溝口、これから八木とともに付け馬道場を張り込んでくれ。黒石の動きを見張るのだ」

「承知しました。猪十はどうしましょう」

「猪十は、前原と安次郎に大番屋へ連れていかせ、入牢させる。前原、安次郎、聞いてのとおりだ」

　声をかけられた安次郎と前原が、

「わかりやした」

「承知しました」

　ほとんど同時に声を上げた。

　顔を安次郎に向け、錬蔵がいった。

「安次郎、松倉と小幡に佃一家を張り込むようにと、おれがいっていたとつたえてくれ。その後は、前原とともに、おれのところへもどってこい。おれは松浪屋を張り込んでいる」

　無言で、前原と安次郎がうなずいた。

　向き直って、錬蔵が告げた。

「溝口、八木、付け馬道場へ向かってくれ。張り込んでいることを咎められ、喧嘩を売られるようなことになっても、相手にしてはならぬ。先だって、道場の門弟たちの腕のほどを探ったが、みんな、そこそこの腕前だ。多勢になれば、なかなか骨の折れる相手。怪我などしてはつまらぬ。咎められたら、その場をやり過ごして張り込む場所を変え、見張りつづけてくれ。いいな」

「承知」

「承知しました」

相次いで溝口と八木がこたえた。

溝口と八木、猪十を連れた前原と安次郎が歩き去っていく。

しばし見送った錬蔵が、権次の骸のそばに立っている三人の番人に声をかけた。

「その骸を鞘番所まで運び、小者に渡してくれ。小者には、骸は吟味部屋に置き、おれが帰るまで見張れ、とおれがいっていたとつたえるのだ」

「わかりました」

浅く腰をかがめて、兄貴格の番人が応じた。

四

松浪屋へひとりで乗り込む、といっていた藤右衛門の身が心配で、どうしたら藤右衛門を守ることができるか、お紋は悩みつづけていた。

何度考えても、いい知恵が浮かばない。

藤右衛門から、

「大滝さまの立場を考えて、動くことだ」

と、軽々しく錬蔵に頼ることを戒められている。

このところ、なるべく自分ができる範囲で、揉め事を落着しようと努めていたお紋だったが、今度ばかりは違った。

何度思案しても、相談する相手は錬蔵しかいない、という考えに落ち着いてしまう。

（あたしひとりのことではない。極端な見方をすれば、藤右衛門親方の命にかかわるかもしれない厄介事。一番頼りになる人に相談するべきだ）

そう腹をくくったお紋は、昼四つ（午前十時）前に、鞘番所にやってきた。

顔見知りの小者から、錬蔵が出かけていることを知らされたお紋は、前原の長屋に住んでいるお俊を訪ねることにする。

長屋の裏へまわると、前原の子供の、佐知と俊作の姉弟が、それぞれ縄跳びをして遊んでいた。

跳び損なった俊作を見て、佐知が動きを止め、からかうように何かいって笑った。

唇を尖らして佐知を睨みつけた俊作が、再び縄をまわし、跳び始めた。

今度は、上手に跳びつづけている。

その調子、といわんばかりに微笑んだ佐知が、自分も再び縄跳びを始めた。

姉と弟の仲の良い様子に、おもわず笑みを浮かべたお紋が、子供たちの邪魔にならぬように表へ向かうべく、忍び足で踵を返した。


「お俊さん、いるかい」

表戸を開け、声をかけると、

「いま行くよ」

とこたえて、掃除していたのか、箒を手にお俊が出てきた。

なかに入って表戸を閉め、お紋が話しかけた。

「大滝の旦那に知らせたいことがあってきたんだけど留守なんだよ。用件を文にしたいから、墨と硯に、筆と紙を貸してもらいたいのさ」

「いいよ。上がりな」

二つ返事で引き受けたお俊が上げてくれた座敷は、子供たちの部屋だった。

「ここで佐知ちゃんと俊作ちゃんが、手習いしたり書物を学んだりしている。文机も硯も墨も、筆も紙もふたり分そろっている。好きなほうを使っていいよ。ふたりには、後でお紋さんが文を書くんで部屋を使っている、といっておくよ」

「こっちの文机を使わせてもらうよ」

「そこは俊作ちゃんの場所だよ。半紙でも文は書けるだろう」

「半紙で十分だよ」

「さっきまで手習いをしていたから、墨が硯の池に残っているかもしれない。なければ水を持ってくるよ」

文机の前に座ったお紋が、硯箱を開けた。

「墨が残っている。文を書くには、十分」

硯箱のそばに置いてあった半紙を、お紋が自分の前に引き寄せた。

文を書き終えたお紋が顔を上げると、近くで子供たちの着物をたたんでいるお俊が見えた。

「お俊さん、そうしていると、佐知ちゃんと俊作ちゃんの、ほんとうのおっ母さんみたいだよ。へんないい方だけど、仕草が堂に入っている」

声をかけたお紋に、

「そうかい」

笑みをたたえてこたえたお俊が、真顔になっていった。

「この間、佐知ちゃんと俊作ちゃんが話しているのを、立ち聞きしちゃったんだよ。前原の旦那は朝早くから夜遅くまで出ずっぱりで、子供たちも寂（さび）しいんだろうけど、ああいう話を聞くと心底、かわいそうになってね」

「子供たちは何ていっていたんだい」

「俊作ちゃんが、お俊おばさんがほんとうの母上になってくれたらいいな。姉上はどうおもうって訊いたら、佐知ちゃんが、あたしもそうおもうって答えたんだよ。そしたら、俊作ちゃんが、ふたりで頼んでみようっていい出したのさ。佐知ちゃんはさすがにお姉さんだね。もう少し待ってみよう。お俊おばさんの気持ちがあたしにはまだわからないからっていったのさ」

神妙な面持ちになったお俊がことばを切って、しんみりした口調でことばを継いだ。

「あたしみたいな掏摸上がりの女を母上にしたいだなんて、あの子たち、どうかしているよね」

「お俊さん」

呼びかけたものの、子供たちへの情に揺らいでいるお俊のこころを察して、お紋は、どうことばをかけていいかおもいつかなかった。

ふたりは黙り込み、話は、そこで途絶えた。

お紋は、錬蔵への文をお俊に託して、長屋を後にしたのだった。

五

昼八つ（午後二時）過ぎに松浪屋にやってきた藤右衛門に、張り込んでいた錬蔵は驚きの目を見張った。

背後に控えていた前原と安次郎も、予想だにしなかったことに、おもわず顔を見合わせる。

「藤右衛門親方、松浪屋に何の用があるんでしょうね」

訊いてきた安次郎に、

「松浪屋は桝居や小紅楼に押しかけては、見世を売れ、と強引に迫っている。そのこととかかわりがあるのかもしれぬ」

応じながら錬蔵は、松浪屋に入っていく藤右衛門に目を注いでいる。

松浪屋の主人控えの間で、松浪屋と藤右衛門が向かい合っている。

座るなり、

「桝居と小紅楼から手を引いてくれないか。ともに主人を亡くし、女将ひとりで頑張っている見世だ。静かに見守ってやるのが、同業の仁義ってものじゃないのかい」

そう切り出した藤右衛門に、

「同業の仁義？　そんなもの、どこにあるんですか」

と、切り返した松浪屋が、せせら笑って藤右衛門を見据え、ことばを重ねた。

「同業の者は、すべて商売敵じゃないんですか。情は無用。へたった見世を見つけ出し、その見世がやりようによっては儲かりそうな物件だと見極めたら、買い取りにかかる。金儲けのためなら、あらゆる手立てを尽くすのが商いの道。手加減する気はありませんね」

穏やかな口調で藤右衛門が告げた。

「それでは商いの筋が通るまいよ。松浪屋さんも私も、同じ漁師上がりの身の上だ。私は松浪屋さんに、他の同業の者には感じることのない、海で生まれた者としての、親しみを覚えている。だからこそ、私は松浪屋さんには、酸いも甘いも嚙み分けた商人になってもらいたいんだよ」

小馬鹿にしたように、鼻先で笑って松浪屋がいった。

「茶屋や局見世稼業は、煎じ詰めれば女の躰を売り買いする商い。筋だの仁義だの、まっとうな商いにしか当てはまらない話を持ち出されては困ります。どうも話が嚙み合いませんな。これ以上話しても無駄というもの。ここらでお引き取り願いたいもので」

正面から見つめて、藤右衛門が告げた。

「松浪屋。それが本音かい。考え直すまで、何度も足を運ぶぜ。いま一度いうが、おれもおまえも、深川の海育ちだ。筋の通る生き方をしてもらいたいんだよ」

さらに話しつづけようとした藤右衛門の出ばなをくじくように、松浪屋が大きく数度手を叩いて、廊下に向かって呼びかけた。

「お客さんのお帰りだ」

「松浪屋」

鋭く見据えた藤右衛門から顔を背けて、松浪屋が吐き捨てた。

「お引き取りを。これ以上粘られると、あっしの我慢がつきますぜ。忙しいんだ。年寄りの世迷い言なんざ聞きたくもねえ。どれ、仕事にもどるか」

藤右衛門と目を合わすことなく、松浪屋が立ち上がった。

襖を開け、部屋から出て行く松浪屋を藤右衛門が凝然と見づめている。

松浪屋が後ろ手で襖を閉めたのを見届けて、藤右衛門がゆっくりと立ち上がった。


松浪屋から、厳しい顔つきで藤右衛門が出てきた。

見送る者は、ひとりもいない。

そのことから判じて、藤右衛門が松浪屋からどんなあしらいを受けたか、推量できた。

張り込んでいる錬蔵が、歩き去っていく藤右衛門を見つめている。

呆れたのか、安次郎が小さく舌を鳴らした。

脇から前原が声を上げた。

「通り抜けから出てきたふたりの浪人、黒石道場で見かけた門弟です」

口をはさんで安次郎がいった。

「あの通り抜けは、松浪屋の裏口へ通じていますぜ」

「門弟たちをつけましょう」

通りへ出ようとした前原を、錬蔵が制した。

「何が起きるかわからぬ。おれが行こう。ふたりで松浪屋を張り込んでいてくれ」

「承知しました」

「わかりやした」

相次いで前原と安次郎がこたえる。

返答を待つことなく、錬蔵は通りへ足を踏み出していた。

六

門弟たちは河水楼に入っていく藤右衛門を見届けても、引き揚げようとはしなかった。

立ち止まり、周りを見渡していた門弟たちは、河水楼の表を見張ることができる町家の外壁に身を寄せた。

そこは、河水楼からは門弟たちの姿が見えない場所だった。

（張り込むつもりだな。少し様子を見るか）

そう判じた錬蔵は、門弟たちの様子を窺うことができる茶屋の陰に身を置いた。


小半刻（三十分）ほど過ぎた。

門弟たちはすさまじい殺気を発している。

（夜になって藤右衛門が出てきたら、人目のないところで襲うつもりかもしれぬ。このままほうっておくわけにはいかない。追っ払うか）

胸中でつぶやいた錬蔵は、追い払う手立てを考え始めた。

ほどなくして一計を案じた錬蔵は、茶屋の陰から通りへ出た。

門弟たちの張り込んでいるところへ歩み寄っていく。

門弟たちの近くで足を止めた錬蔵は、偶然見かけた風を装って浪人たちに声をかけた。

「これは黒石道場の方々。いいところで出くわした。まだ稽古が足りなくて、むずむずしている。これから道場にもどって、一稽古しようではないか」

　ふたりが渋面をつくって顔を見合わせた。

「さ、道場へ行こう」

　兄弟子とおもわれる門弟が、面倒くさそうにこたえた。

「いま忙しいので、勘弁してもらいたい」

　呆れたように錬蔵が返した。

「忙しい？　そんなはずはない。さっきから、そこにいたではないか。のんびりと突っ立って、閑そうにしているから声をかけたのだ。嘘をつくのはよくないぞ。なんで、そんな嘘をつくのだ」

　顔をしかめた門弟たちに、錬蔵がことばを重ねた。

「そうだ。このところ真剣で稽古をしていない。手近なところにある寺社の境内で真剣を使って、稽古をやろう。寺社に行くのが面倒なら、ここでもいい。真剣で打ち合いを始めれば、道行く人たちはみんな、道端へよけてくれるだろう。さ、始めよう」

　大刀の鯉口を切った錬蔵を見て、門弟たちがおおいに焦った。

「急用をおもい出した。またにしてもらいたい」

「おれもだ。勘弁してくれ」

目も合わさぬようにして、そそくさと門弟たちが、その場から立ち去っていく。

門弟たちがもどってくるかもしれぬ。そうおもった錬蔵は、近くの通り抜けに身を潜(ひそ)めた。

さらに小半刻ほど過ぎ去った。

(もう門弟たちは、もどってこないだろう)

そう推断した錬蔵は、松浪屋へ向かうべく足を踏み出した。

夜五つ(午後八時)まで、もどってきた錬蔵と前原、安次郎は松浪屋を張り込んだ。

残って松浪屋を見張っていた前原と安次郎が、藤右衛門をつけていった門弟ふたりがもどってきて、松浪屋へ入っていくのを見ている。

客や芸者たち、男衆以外に人の出入りはなかった。

今夜、松浪屋は出てこない。そう推断して、錬蔵たちは引き揚げてきたのだった。

鞘番所へ帰ってきた錬蔵に小者が告げた。

「お俊さんが大滝さまに大事な用があるので、声をかけてほしいと、いってました」

合議に備えて用部屋へ向かう前原や安次郎と分かれて、錬蔵は前原の長屋へ向かった。

表戸の前に立って、錬蔵が声をかけた。

急いで出てくる気配がし、土間に降りる足音がして、

「すぐ開けます」

小さな声でお俊がこたえた。おそらく佐知と俊作は、もう寝ているのだろう。

つっかい棒が外され、なかから表戸が開けられた。

お俊の手に結び文が握られている。

「お紋さんから、大滝の旦那に直接渡してくれ、と文を預かっています」

「お紋から」

訝（いぶか）しげな表情を浮かべた錬蔵が、お俊がよこした結び文を受け取った。

「子どもふたりが寝ていますんで、これで」

「手間をとらせた。すまぬ」

笑みをたたえて錬蔵がいった。

結び文のなかみが、気になっていた。
用部屋へ向かう途中で足を止めた錬蔵は、結びめをほどいた。
開いて、読む。
文には、
〈藤右衛門親方が小紅楼の女将お滝姐(ねえ)さんに、ひとりで松浪屋に乗り込み、小紅楼に手を出さないように話をしに行くといっていた。親方がお滝姐さんに肩入れしているのは、藤右衛門親方が相思相愛で夫婦になり、苦労をともにした亡くなった御内儀(おかみ)さんに、お滝姐さんが似ているからかもしれない。あたしの目に狂いがなければ、親方は、年を経て、ますます御内儀さんに似てきたお滝姐さんのことを好いているようにもおもう〉
と記され、最後に、
〈もっとも、このことは旦那とあたしの間だけの話だけど〉

添え書きされていた。

文を読み終えた錬蔵は、以前政吉から聞いた、

「藤右衛門親方が独り身をつづけているわけは、いまでも亡くなった御内儀さんのことを忘れられないからだと、男衆の頭から聞いたことがありやす」

という話をおもい出していた。

いままで見たことのない、藤右衛門の人間らしい一面に出くわしたような気がして、錬蔵はおもわず笑みを浮かべていた。

同時に、お紋の文によって、藤右衛門が松浪屋にやってきた理由もわかった。松浪屋から出てきたときの藤右衛門の様子と付け馬道場の門弟たちが藤右衛門をつけていき、時折すさまじい殺気を発しながら張り込んでいたことから、藤右衛門と松浪屋の話がうまくいかなかったことも推断できた。

（松浪屋は、いずれ藤右衛門を始末する気でいる。このまま松浪屋を野放しにしておくわけにはいかぬ。さて、どうするか）

その手立てを思案しながら錬蔵は、結び文を四つ折りにして懐に入れた。

合議を始めるべく、錬蔵は前原たちが待つ用部屋へ向かって歩を移した。

七

翌朝五つ（午前八時）前、合議で決めたとおり溝口と八木は付け馬道場、松倉と小幡は佃一家、錬蔵と前原、安次郎は松浪屋を張り込むために鞘番所を後にした。安次郎は溝口たちや松倉たちとのつなぎの役目も担っている。

合議のとき、錬蔵は、

「松浪屋と藤右衛門が話し合った。どうやらうまくいかなかったようだ。松浪屋は、藤右衛門を始末する気でいる。もっとも、これはおれの勘働きだがな」

と一同につたえていた。

そのせいか鞘番所から出て行く一同には、張り詰めたものが漲（みなぎ）っていた。

張り込み始めてすぐ、錬蔵たちが目を見張るようなことが起きた。

いつのまにきていたのか、佃の鮫八と黒石が松浪屋とともに見世から姿を現したのだ。

おそらく夜中に、松浪屋へやってきたのだろう。

歩いて行く松浪屋たちに目を注ぎながら、錬蔵が告げた。

「おれがつける。前原は張り込みをつづけろ。おそらく門弟たちや子分たちが見世に詰めているだろう。不穏な動きがあるかもしれぬ。安次郎は、行を共にしてくれ」

松浪屋たちとほどよい隔(へだ)たりになったのを見計らって、錬蔵は通りへ歩み出た。安次郎がつづいた。


松浪屋たちが桝居に入っていく。

つけてきた錬蔵と安次郎が、町家の外壁に身を寄せて様子を窺っている。

「佃の鮫八と黒石を連れてきた。脅しをきかすには十分すぎまさあ。松浪屋の野郎、一気に勝負をつけるつもりなんじゃ」

声をかけてきた安次郎に、桝居に目を向けたまま錬蔵がこたえた。

「昨日藤右衛門が松浪屋へ出向いている。藤右衛門が敵にまわらないうちに片をつける気になったのだろう。出てきた松浪屋たちの様子で、どうなったか推測がつく」

「松浪屋たちが出てきたらあっしが、桝居に様子を訊きにいきやす」

「そうしてくれ。おれは松浪屋たちをつける。松浪屋には、黒石の門弟や鮫八の子分たちが残っている。松浪屋たちと門弟や子分たちが合流したら、何をやり出すかわからぬ。前原ひとりではこころもとない」

「たしかに」

うなずいて、安次郎が桝居を見つめた。

昼八つ（午後二時）前に、松浪屋たちが出てきた。松浪屋と鮫八、黒石の面に薄ら笑いが浮いている。

「あの様子では、狙いどおりに話がすすんだようだな」

つぶやいた錬蔵に、

「あっしも。そうおもいます」

こたえた安次郎が、瞠目（どうもく）して、ことばを重ねた。

「桝居の男衆が出てきましたぜ。血相変えて、どこへ行くんだろう。つけてみましょうか。桝居への聞き込みは、後でもできやす」

「そうしてくれ。おれは松浪屋たちをつける」

まず錬蔵が、つづいて安次郎が通りへ歩み出た。

昼八つを小半刻（三十分）ほど過ぎた頃、河水楼に政吉の知り合いの桝居の男衆三五郎が、目を血走らせて駆け込んできた。

政吉の顔を見るなり、

「大変なことが起きた。河水の親方に縋りたい」

声高に三五郎がわめきたてた。

「わかった。藤右衛門親方は控えの間だ。行こう」

「ありがたい」

勝手知ったる他人の家。三五郎が政吉の腕をとって足を踏み出した。

主人控えの間で、藤右衛門の前に三五郎、肩をならべて政吉が座っている。

三五郎が話し始めた。

昼前に、佃の鮫八と付け馬道場の黒石をしたがえて松浪屋が桝居に乗り込んできた。

さんざん女将さんを脅し上げ、

〈話し合いを重ね、売り買いの値が折り合えば、桝居を売り渡す〉

というなかみの仮証文を書かせた。

女将さんは、

「あたしが怖気をふるったばかりに、みんなに迷惑をかけてしまう」

と涙まじりに男衆や仲居たちにいって、頭を下げた、という。

「賭場荒らしに旦那を殺されて、女将さんは精一杯頑張ってこられました。それなのに、松浪屋の奴」

悔しげに呻いて、三五郎が黙り込んだ。

おもむろに藤右衛門が口を開いた。

「桝居の女将さんにつたえてくれ。仮証文は、あくまでも仮のものだ。河水の藤右衛門の面目にかけて、桝居ののれんを守ってやる。心配は無用だ、とな」

「藤右衛門親方。桝居を、女将さんをたすけてください。お願いします」

額を畳に擦りつけんばかりにして、三五郎が頭を下げた。

見世の前まで出てきて三五郎を見送った後、藤右衛門が政吉に告げた。

「小紅楼に行く」

いうなり藤右衛門が歩き出した。

腰をかがめて見送っている政吉に、真後ろから声がかかった。

「政吉」

厳しい声色（こわいろ）だった。

一瞬躰をすくめた政吉が、おずおずと振り向いた。

「安次郎さん」

安堵したのか、政吉が微笑んだ。

「訊きたいことがある。顔を貸してくれ」

政吉が初めて見る強面（こわもて）の安次郎が、そこにいた。

七章　火牛の計

一

桝居の聞き込みからもどってきた、安次郎の血相が変わっている。

張り込んでいる、松浪屋の表を見張ることができる通り抜けに歩み寄ってくる安次郎を見て、錬蔵が前原に声をかけた。

「何か起きたようだな。安次郎の顔がこわばっている」

「たしかに」

こたえた前原が、安次郎を迎え入れるために躰をずらした。

左右に警戒の視線を走らせた安次郎が、早足で通り抜けに入ってくるなり、堰を切ったように話し出した。

「大変だ。桝居の女将さんが、松浪屋の脅しに負けて、売値が折り合えば桝居を松浪屋に売り渡すというなかみの仮証文を書かされた」

「何っ、売買の仮証文を書いただと」

次の瞬間、はっ、と気づいて錬蔵が問いかけた。

「桝居から出てきた男衆は河水楼へ向かったのではないか」

「そうです。政吉から聞いたんですが、桝居の男衆は藤右衛門親方に『桝居と女将さんをたすけてくれ』と頼み込んだそうです」

「藤右衛門は引き受けたのだな」

「面目にかけて守ってやる、とそれこそふたつ返事で引き受けられた、と政吉がいっていました」

「そうか」

応じて錬蔵が黙り込んだ。

しばしの沈黙があった。

顔を安次郎に向けて、錬蔵が訊いた。

「藤右衛門は河水楼にいるのだな」

「小紅楼へ行かれたそうです」

「小紅楼へ行ったか」

再び錬蔵が黙り込んだ。

（この間の、付け馬道場の門弟の様子から見て、これ以上松浪屋の邪魔をしたら藤右衛門の命が危うくなる。お上の役人が、下手に商人たちの商いに顔を突っ込むべきではない、依怙贔屓しているといわれかねない、と藤右衛門はいっていたが、いまの松浪屋のやり方、まっとうな商いとはいえぬ。どうしたものか）

思案を深める錬蔵を、無言で安次郎が見つめている。

ふたりの話に加わることなく、松浪屋の様子を窺っていた前原が声を上げた。

「付け馬道場の門弟たちが出てきました。目づもりで十人ほどいます。どこへ行くのか」

「十人ほど、というと、溝口たちが張り込んでいる付け馬道場には、ほとんど人は残っていないということになるな」

独り言ちて、錬蔵がつづけた。

「前原、門弟たちをつけてくれ。ただし、気づかれたら無理をするな。門弟たちは、修羅場に慣れている。多勢に無勢。勝ち目はない」

「承知しました。決して無理はしません」

「行け」

無言で顎（あご）を引いて、前原が足を踏み出した。

振り向いて、錬蔵が告げた。

「安次郎、ここで張り込んでいてくれ」

「わかりやした」

こたえた安次郎に、

「おれは、小紅楼へ行く。向後（きょうご）のことで、藤右衛門と話し合う。藤右衛門は、松浪屋が成り行き次第で藤右衛門を殺すつもりでいることを、まだ知らぬ」

「いかに松浪屋でも、藤右衛門親方を殺すなんてことは」

「いままでのやり口から見て、やりかねぬ」

じっと安次郎を見つめて、錬蔵がことばを重ねた。

「安次郎、前原にもいったが、無理は禁物だ。松浪屋には黒石が残っている。佃の鮫八もいる。見つかったら逃げることだ」

「そうしやす」

「行くぞ」

通りへ出た錬蔵が小紅楼へ向かって歩を運んでいく。

遠ざかる錬蔵をしばし見送った安次郎が、気分を変えるためか、大きく息を吐き出した。

視線を松浪屋に移す。

身動きひとつせず、安次郎が松浪屋を見据えている。

二

小紅楼の主人控えの間で、藤右衛門とお滝が向かい合っている。お紋はお滝の斜め後ろに控えていた。

「何かあったんですね」

声をかけてきたお滝に、逆に藤右衛門が訊いた。

「なぜ、そうおもう」

「いつもより鋭い眼差(まなざ)し。一目見たとき、いつもと違うと感じました」

苦笑いして藤右衛門がこたえた。

「できるだけ抑えようと心がけているんだが、顔に出るとは、まだまだ修行が足りぬな」

「やはり、何かおきたんですね」

　不安そうにお滝がいった。

　脇からお紋が問いかけた。

「何があったんですか。教えてください」

　うむ、とうなずいて藤右衛門が話し出した。

「ついさっき桝居の男衆が駆け込んできたんだ。松浪屋は佃一家の親分、佃の鮫八と付け馬道場の主、黒石某と一緒だった。桝居の女将を脅すために連れてきたふたりは十分役にたったようだ。桝居の女将は、松浪屋と値が折り合えば桝居を売り渡す、というなかみの仮証文を交わしたそうだ」

「値が折り合えば桝居を売り渡すという仮証文を」

「桝居の女将さんが、まさかそんなことを」

　お滝とお紋が、相次いで声を上げた。

「それが、書いたのだ。まだ仮証文だ。わしは、桝居の男衆に、わしの面目にかけて桝居を守ってやる、と約束した」

　不安そうにお滝がいった。

「あたしのところにも、桝居のように佃一家の親分と付け馬道場の主を連れて、乗り込んでくるかもしれない。さんざん脅されたら、あたし、耐えられるかどうか。見世には、男衆はひとり、嘉吉さんしかいない。どうしよう」

「何をいっているの、お滝姐さん。姐さんには、藤右衛門親方がついているじゃない」

声をかけたお紋に、お滝が首を振った。

「藤右衛門親方に迷惑をかけつづけているのに、これ以上甘えることはできない。松浪屋がどんな男か、あたしにはわかる。松浪屋は狙った獲物は決して逃さない執念深い獣みたいな男。小紅楼や桝居との売り買いの話に、あたしたちの代人として藤右衛門親方が立ち塞(ふさ)がったら、松浪屋がどんな手立てをとってくるか、とても心配。これ以上、藤右衛門親方に甘えられない」

横から藤右衛門が口をはさんだ。

「甘えていいんだよ、お滝。わしは、おまえのためなら、どんな役にもたつ気でいるんだ。何でも、遠慮なく相談しておくれ」

優しい声音だった。

お滝がじっと藤右衛門を見つめる。

「藤右衛門親方」

無言で、藤右衛門がお滝を見つめ返した。

そんなふたりを見やったお紋は、

（やっぱり藤右衛門親方は、お滝姐さんを好いているんだ。お滝姐さんも、いつのまにか親方のことを憎からず想っている。見つめ合っている、目と目でわかる）

そう胸中でつぶやいていた。

見つめたまま、藤右衛門が口を開いた。

「明日から、富造(とみぞう)を頭に、よりすぐりの男衆を十人ほど泊まり込ませよう。松浪屋とわしの話し合いがつくまで、富造たちを小紅楼に預けておく。面倒だろうが三度の飯と、寝泊まりする部屋を手配してくれ」

「そんな面倒だなんて。すぐ手配します。親方、恩に着ます」

頭を下げたお滝に、藤右衛門が微笑みかけた。

「頭を下げなくてもいい。お滝、わしは役にたてて嬉しいよ」

「ありがとうございます。甘えさせていただきます」

顔を上げたお滝に、あらたまった口調で藤右衛門が告げた。

「さて、松浪屋とどうやり合っていくか。その手立てを話し合おう」

「いろいろ教えてください」

再びお滝が頭を下げた。

藤右衛門とお滝が話し合いを始めて、半刻（一時間）ほど過ぎた頃、廊下から襖(ふすま)越しに嘉吉の声がかかった。

「鞘番所の大滝さまが藤右衛門親方はいるか。いたら話したいことがあるといって、見世の上がり端(はな)で待っておられます。お通ししてもよろしいですか」

その声にお紋が、おもわず腰を浮かせた。

「大滝の旦那が」

「お紋」

声をかけた藤右衛門が、目でお紋を制した。

あわててお紋が座り直す。

「ここへご案内してくれ」

廊下へ向かって、藤右衛門が声をかけた。

座敷に入ってきて、藤右衛門の前に座るなり錬蔵が告げた。

「女将、お紋。藤右衛門とふたりだけで話したい。すまぬが座を外してくれぬか」

「それはどうして」

「なぜ」

ほとんど同時に声を上げて、お滝とお紋が顔を見合わせた。

間髪を容れず、藤右衛門が声をかけた。

「お滝、お紋、聞いてのとおりだ。外してくれ」

無言でお滝がうなずき、お紋は黙って頭を下げながら、ちらり、と錬蔵を見やった。

厳しい顔つきで、錬蔵が空（くう）を見据えている。

音をたてないように忍び足で隣の座敷に入って、お紋とお滝が聞き耳をたてているのを承知の上で、錬蔵は話し出した。

ふたりにも聞いてもらったほうが、覚悟が決まって、後々何かと楽になるはず。そう錬蔵は判じていた。

先日、桝居の付け火と相次ぐ賭場荒らしによる茶屋の主人殺しはかかわりがあるかもしれぬと見立てた錬蔵は、前原や安次郎とともに松浪屋を張り込んでいた。そこへ驚いたことに藤右衛門が訪ねてきた。用を終えて出てきた藤右衛門を、松浪屋の裏口から出てきた付け馬道場の門弟ふたりがつけていったので、気になった錬蔵がつけたことなどを、語りつづける錬蔵の話の腰を折るように、藤右衛門が口を開いた。

「門弟たちは、何のために私をつけてきたのでしょうか。私には、さっぱり見当がつきませぬが」

「門弟たちに後をつけるように命じたのは、おそらく松浪屋だろう。松浪屋は藤右衛門を、何かにつけて邪魔になる奴と判断したに違いない。その証に、門弟たちは」

さらに錬蔵は、その日の成り行きを話しつづけた。

門弟ふたりは河水楼に藤右衛門が入っていった後も張り込みをつづけていたこと、門弟たちが河水楼を見据えては、凄まじい殺気を発していたこと、厄介事が起きそうな予感がしたので錬蔵が一計を案じて門弟たちを追い払ったことなどを語り終えた後、藤右衛門に錬蔵が告げた。

「門弟たちの発する殺気は、夜になって藤右衛門が出かけるようなことがあれば、その日のうちに辻斬りを装って斬り捨ててやろうという気持ちの表れではなかったか。そうおれは見立てている」

「それでは、大滝さまは、松浪屋は私を殺す気でいるに違いない、と考えておられるのですね」

「そうだ。すべておれの勘働きが生み出したこと、何の確証もない。いっておくが、おれの勘はよく当たる」

じっと錬蔵が藤右衛門を見つめた。

見つめ返して、藤右衛門がいった。

「大滝さまは、そのことをつたえに、わざわざ小紅楼まで足を運ばれたのですか」

「それだけではない。おれは藤右衛門と交わした約束を破らざるを得なくなった、ということもつたえにきたのだ」

「私との約束とは」

問いかけた藤右衛門に、錬蔵が告げた。

「松浪屋のことだ。藤右衛門は、おれに、商いの話には首を突っ込まないほうがいい、おれが依怙贔屓していると世間から責められるもとになる、といってくれた。おれは、そのとおりだとおもい、商いの話にはかかわらないと決めた。が、相次ぐ賭場荒らしの探索をすすめていくうちに、松浪屋の胡乱な動きが明らかになってきた」

「松浪屋は、賭場荒らしにかかわっているのですか」

「いまは、証のひとつもない。ただ、これだけはいいきれる。松浪屋がやっていることは商いではない。桝居の女将に無理矢理、見世売り渡しの仮証文を書かせたことでもわかる。佃一家の親分と、破落戸同然の付け馬道場の主を引き連れて乗り込んだのだ。ふたりは、女将にたいする脅し役としかおもえぬ」

「たしかに、そのとおりでしょう。私は、佃生まれの漁師上がりの身。お上から、人が住むところとしてを許されたのは一画だけという佃。それゆえ深川の住人たちからは、佃はまっとうな人の住めぬ土地、しょせん海同然のところ。生まれながらに陸には住めぬ、海でしか暮らせぬのが佃生まれの者、と蔑まれながら生きてきた身でもあります。佃の鮫八は松浪屋の幼なじみ。私には、世間の蔑みに耐えながら生きてきたふたりの気持ちがわかるのです」

「藤右衛門」

「大滝さま、私にいま一度、松浪屋を説き伏せさせてください。同じ佃生まれの、漁師上がりの私と松浪屋、話し合えば、わかり合えるかもしれない」

「それはならぬ。藤右衛門の命にかかわるかもしれぬぞ」

「一度だけ、やらせてもらいます。似たような身の上で成り上がってきた松浪屋に、まっとうな商いとは何かをつたえてやりたい。それが佃生まれの先達としての、私の仕事のひとつと決めております」

「いま一度会って話せば、松浪屋の性分が見極められるはず。根が腐っていたら、どんなに手を入れても木は育たぬ」

「育つ木か、育たぬ木か見届けてまいります」

「頑固者め」

「そのことば、そのまま大滝さまにお返し申します」

笑みを含んで藤右衛門がいった。

微笑んだ錬蔵が、無言で藤右衛門を見つめた。

三

松浪屋の奥の座敷では松浪屋と佃の鮫八、黒石鎌十郎が顔を突き合わせていた。

　腹立たしげに鮫八が吐き捨てた。

「今日も、鞘番所の同心たちが張り込んでいる。見張られるのに飽きてきた」

　横から黒石が声を上げた。

「おれの道場には持田ひとりしかいない。他の門弟たちはみんな、松浪屋に泊まり込んでいる。道場と松浪屋の双方に見張りがついている。門弟たちを動かせば、おれがどんなことをやろうとしているか、見抜かれてしまうだろう。何とかしなければならぬな」

「邪魔者は始末するしかねえ。そうだろう、甚三郎」

　声を高めた鮫八に、苦笑いをした松浪屋がなだめるようにいった。

「ふたりとも、あまり苛立つな。桝居の女将からは、値が折り合えば見世を売り渡すという仮証文もとれた。焦らず、しかし急いで、ひとつずつ事をすすめていくべきだと、おれはおもっている。それにしても面倒なのは、鞘番所の連中がおれたちの敵にまわったことだ」

「だから、そろそろ鞘番所の始末をつけようといっているんだ。このまま何の手も打たないと後々、手痛い目にあうかもしれぬぞ」

苦虫を噛み潰したような顔つきの黒石に、

「先生のいうとおりだ。甚三郎、いまのうちに鞘番所の連中を始末してしまおう」

身を乗り出すようにして、鮫八がいった。

不快そうに顔をしかめて、松浪屋がふたりを見つめた。

「何度いったらわかるんだ。鞘番所の連中を始末すれば、必ず町奉行所が乗り出してくる。最後は南北、両町奉行所を敵にまわすことになるんだ。町奉行所と喧嘩をして勝てるのか。どうだい、鮫八。黒石さんも、覚悟のほどを聞かせてくれよ」

「覚悟のほどを、といわれても、まだ、そこまでは考えておらぬ」

面目なさげに黒石が応じた。

顔を鮫八に向けて、松浪屋が訊いた。

「鮫八はどうなんだ」

松浪屋を睨めつけて、半ば抗うように鮫八が告げた。

「おれはやるぜ。このまま鞘番所の奴らに張り込みをつづけられたら、賭場も開けねえ。やくざが博奕を取り上げられたら、おまんまの食い上げだ。女を食い物にして儲けている甚三郎とは違う」

睨み返した松浪屋が、腹立たしげに声を荒らげた。

「女を食い物にして儲けているだと。そんないい草はねえだろう。女を食い物にしているおれの仕事を手伝って、金を稼いでいるおまえも、おれと同じ穴の狢ではないのか」

「それはそうだが、しかし」

一瞬ひるんだが、再び抗うような目で見据えて、鮫八が吠えた。

「甚三郎、胸に手を当てて、いままでやってきたことをよく考えてみろ。銭儲けの邪魔になる奴らを、おれや黒石先生を使って片っ端から殺し、狙ったものを手に入れてきたんじゃねえのかい。いまさら綺麗事はいわせねえぜ」

脇から黒石も声を上げた。

「鮫八、おれはおまえに手を貸すぜ。おれの本業は人斬りだ。いつでも声をかけてくれ」

「頼りにしているぜ」

顔を黒石に向けて、鮫八がふてぶてしい笑いを浮かべた。

黒石も薄ら笑う。

わざとらしく舌を鳴らして、松浪屋がいった。

「仕方ない。開帳したければ、明日にでも賭場を開けばいい。けど、これだけはいっておく。鮫八と黒石さん、ふたりだけの儲け話でやらかしたしくじりに、おれを巻き込まないでくれ。それだけは頼むぜ」

「わかったよ。幼なじみの甚三郎に、決して迷惑はかけねえよ」

「おれも約束するぞ。武士に二言はない」

相次いで鮫八と黒石がこたえた。

「黒石さんから、武士に二言はない、ということばを何度聞かされたか。そのことばを反故(ほご)にされたことは数えきれないが、忘れることにしていますよ」

皮肉な顔つきで告げた松浪屋に、黒石がばつが悪そうにごまかし笑いを浮かべた。

「そういうな。これからも儲け話をまわしてくれ。あてにしているぞ」

「おたがいさまでさ。黒石さんとは持ちつ持たれつのかかわりだ。おれもあてにしてますよ。鮫八」

声をかけて、松浪屋がつづけた。

「鞘番所の奴らを始末することをやめろといっているわけじゃない。やるなら、足がつかないようにうまくやってくれ、といってるんだ。そのこと、忘れないでくれよ」

「餓鬼じゃねえんだ。いわれなくとも、わかってるよ」

唇を歪めて、鮫八が酷薄な笑みを浮かべた。

四

翌朝、錬蔵は溝口と八木をしたがえて、黒石道場の前に立っていた。前原と安次郎は松浪屋、松倉と小幡は佃一家を張り込んでいる。

表戸を開けて、錬蔵が呼ばわった。

「深川大番屋北町組支配大滝錬蔵である。御用の筋でやってきた。誰かいるか」

あわてて奥から、持田が出てきた。怪我が癒えたのか、腕を白布で吊っていない。

「これは大滝様。何用ですか」

板敷きの上がり端に立った持田が錬蔵に問いかけた。

「賭場荒らしのやくざたちのなかに当道場の者がいた、と聞き込みをかけた不動一家の者が話している。その者は、間違いない、ともいっている。賭場荒らしが相次ぎ、不動一家の賭場には生き残った者もいたが、他の賭場では皆殺しにされている。わずかに生き残った者のことばゆえ捨て置けぬ。よって家探しをする」

すべて錬蔵の、探索を一気にすすめるための作り事であった。

背後に控える溝口と八木に錬蔵が声をかける。

「上がるぞ」

無言で溝口と八木が顎を引いた。

驚いた持田が立ち塞がって、わめいた。

「それは困る。先生はじめ門弟たちは出払っている。おれひとりで留守番しているのだ。勝手に家探しなどされたら、おれが先生からどやしつけられる。迷惑だ。帰ってもらいたい」

「どけ」

前に出た溝口が、いきなり持田に当て身をくれた。

呻いた持田が、その場に崩れ落ちる。

「どうしますか。縛り上げますか」

板敷きに倒れ込んだ持田を見やって、溝口が訊いた。

「ほうっておけ」

　こたえた錬蔵に、

「気がついたら、逃げ出すかもしれません。いいんですか」

　怪訝そうに顔をしかめて、溝口が問うた。

「かまわぬ。それが狙いだ」

「それが狙い？」

　鸚鵡返しをした溝口に、錬蔵が告げた。

「気がついた持田は、間違いなく黒石に知らせに走るだろう。道場に賭場荒らしの証となるものがなければ、黒石は動くまい。不動一家の賭場を襲ったのは、やくざの一群だった。先日おれは、剣の稽古をするふりをしてこの道場に乗り込み、門弟たちと木刀で打ち合った。門弟数人と不動一家の賭場荒らしのなかの数人に、身のこなしが酷似しているものがいた」

「御支配は、付け馬道場の黒石と門弟たちがやくざ姿に身を変えて、賭場荒らしをつづけていたと見立てておられるのですね」

「そうだ。おれが見た、不動一家の賭場を荒らしたやくざたちと付け馬道場の門弟たちの人数はほぼ同じだ。やくざが身に着けていた小袖と手甲、脚絆、長脇差がこの道場になければ、佃一家か松浪屋にあるとおれは睨んでいる。持田から知らされた黒石たちが道場に帰ってこなければ、小袖類や長脇差は、佃一家か松浪屋においてあるのだろう」

「おそらく、そうでしょう」

「さて、無駄を承知で、家探しを始めるか」

声をかけた錬蔵に、

「やる気を奮い立たせてやりましょう」

「後片付けが大変なように、あちこちをひっくり返して、さんざん散らかしてやる」

ほとんど同時に八木と溝口が声を上げた。


奥の座敷で錬蔵たちが、家探ししている。

丁字棚の袋戸棚の戸が外され、畳の上に投げ捨てられている。袋戸棚のなかに入れられていたとおもわれる木箱数個の蓋が開けられ、なかに入っていた書付類が散乱している。

木箱の前に座って、なかに入っていた書付を手にとって錬蔵が目を通している。

その傍らで、八木も、木箱のなかの書付をとり出していた。

見通しをよくするためか、溝口が襖を外した。

道場の表戸を開けて、持田が出てくる。

表戸を閉めようともせず、早足で歩き去って行く。

松浪屋の一室で、黒石と持田が向き合って座っていた。部屋の左右の襖の前に緊張した面持ちの門弟たちがならんでいる。

話を聞き終えた黒石が、持田に告げた。

「家探しされても何も出てこぬ。出てくるのは、せいぜい掛け金を取り立てた茶屋や局見世(つぼねみせ)の客に、後腐れのないように書かせた詫(わ)び状だ。やくざの出で立ちと長脇差は佃一家にある。何の心配もない」

「私はどうすればよろしいのでしょうか」

「道場に引き返せ。取り散らかしてある部屋はそのままにしておけ。後でみんなで片付けよう」

「それでは、これにて」

頭を下げて、持田が立ち上がった。

五

昼八つ（午後二時）前、男衆が松浪屋に、

「河水楼さんがおいでになりました」

と取り次いできた。

松浪屋が告げた。

「引き揚げてもらってくれ。会う必要はない。迷惑だ、ともつたえてくれ」

「それが、そうもいかないような話でして」

困ったようにこたえた男衆に、松浪屋が問いかけた。

「何が、そうもいかないのだ」

「今日は、桝居の売り買いにかかわる、あらゆることをまかされた桝居の女将の代人としてきた、と河水楼の旦那さんが仰有ってます。何でも、今日、玄関払いをされるようなことがあったら、たとえ仮証文が交わされていても、今日限りで、売り買いの話は打ちきる、ということでして」

突然、怒気を含んで、松浪屋が声を荒らげた。

「それを、何で早くいわないんだ。この馬鹿野郎。河水楼に会ってやる。早く連れてこい」

「わかりました」

怯えたように躰をすくめて、男衆が腰を浮かした。

主人控えの間に入ってきた藤右衛門を見るなり、露骨に厭な顔をして松浪屋が吠えた。

「河水楼さん、どうして、おれの邪魔をするんだ」

向かい合って座りながら、藤右衛門が穏やかな口調でいった。

「ご機嫌斜めのようだな。それが、同じ海の者で漁師上がりの、先に茶屋稼業を始めた年嵩の男にする挨拶かい」

せせら笑って、松浪屋がこたえた。

「同じ海の者、漁師上がりだと仰有いますが、それなら何で、おれのやりたいことをやらせてくださらないんで。それに、おれは茶屋稼業が商いの始まりじゃございません。女の躰を売るだけの局見世が始まりでさ」

そこでことばを切った松浪屋が、藤右衛門の顔を、からかい半分に覗き込むようにしてことばを重ねた。

「つまるところ、生まれは同じでも、商いでは育ちが違う。おれと河水楼さんの話が嚙み合わないのは、そのあたりのところですよ」

表情ひとつ変えることなく、藤右衛門が告げた。

「松浪屋、商いにはやっていいことと、やってはいけないことがある。そのあたりの筋目を外したら、いっとき儲かっても、長続きしない。強引なやり口は敵を生む。敵の数が増えれば増えるほど、浮世を渡りづらくなる。いまのやり方をつづけると、いずれ世間が狭くなるだろう。そのあたりのことを、よく考えてみることだ」

「おれを脅しているつもりかい。河水楼さん、この世は金がすべてだ。金があれば、誰もが愛想笑いを浮かべて、揉み手しながら近寄ってくる。貧しかったら、鼻も引っかけてくれねえ。海の者だと大島川の向こう側に住む連中に馬鹿にされながら、悔しいおもいをして生きてきたんだ。金儲けのためなら、どんなことでもやる。それが海の者が世に出る、ただひとつの手立てだとわかっているからやりつづけるんだ」

「松浪屋、今日は、桝居の女将の代人としてやってきた。小紅楼の女将からも代人として、見世は売らない、と松浪屋につたえてきてくれ、と頼まれている。ふたりと、松浪屋にかかわる話し合いのすべてをおれにまかせる、というなかみの証文も取り交わしている。見せようか」

　懐に手をのばした藤右衛門を松浪屋が遮(さえぎ)った。

「それには及ばねえ。いっておくが、おれは桝居も小紅楼も、諦めない。どんな手立てをとっても、ふたつの見世は手に入れる。こうなりゃ、意地でも、手に入れてみせる」

「松浪屋、考えを変える気はないのか。たしかに、同業の連中は、みんな商売敵(がたき)だ。が、何か悪いことがふりかかってきたときには、たがいに手を取り合う仲間でもある」

　じっと松浪屋を見つめて、藤右衛門がことばを継いだ。

「なあ、松浪屋、たがいに競い合いながら、助け合う。そんな商いの仲間になってくれないか。悪いようにはしない。おれが、松浪屋、おまえを引きまわす。いままでの強引なやり口を、これからは金輪際(こんりんざい)やめると約束してくれ。おれとおまえは」

苛々した様子で、松浪屋が吠えた。

「海の者、漁師上がりだというんだろう。聞きたくねえ。おためごかしはやめてくれ。おれはおれのやり方でやる。代人といっているが、いつまで代人でいることができるかわからねえだろう。河水楼、おれは、あんたを桝居と小紅楼の女将の代人とは認めねえ。話は終わった。帰ってくれ」

「松浪屋、これだけいってもわからないのか」

「いつまでも四の五のいってるんじゃねえ。引き揚げないというのなら、つまみ出すぞ」

廊下に向かって松浪屋が怒鳴(どな)った。

「みんなきてくれ」

「そこまでにしな。松浪屋、おまえは、この見世の主人だ。大きな声を出したら、小さく見られるぜ」

穏やかだが有無をいわせぬものが、藤右衛門の声音に含まれていた。

「何をいってやがる」

目を剝(む)いた松浪屋をじっと見つめた藤右衛門が、いつもと変わらぬ口調で告げた。

「松浪屋、おれとおまえはそりが合わない。それだけは、よくわかったよ。邪魔したな」

ゆっくりと藤右衛門が立ち上がった。

六

見世の奥に松浪屋の住まいとして使っている一画がある。

廊下を歩いてきた松浪屋が足を止め、襖の向こうへ声をかけた。

「おれだ」

返答を待たずに松浪屋が襖を開けた。

なかは二十畳ほどの広間になっていた。間に鴨居(かもい)が二ヶ所あるところを見ると、三部屋を間仕切りしている二ヶ所の襖を取り外して、広間として使っているのだろう。

手前に門弟たちが居流れている。

一番奥の部屋の床の間(とこのま)を背にして、黒石が座っていた。

廊下に立ったまま松浪屋が呼びかけた。

「黒石さん、誰かを佃一家に走らせて、鮫八を呼んできてくれ」

顔を向けて、黒石がいった。

「村上、佃一家へ行き、松浪屋が用があるといっているので迎えにきた、と親分を連れてきてくれ」

近くに座っていた村上が、

「承知しました」

こたえて、立ち上がった。

広間から出て行く村上を見届けて、松浪屋が黒石にいった。

「黒石さん、話がある。奥の居間へきてくれ」

「おれのほうでも話がある。それも急ぎの用だ」

立ち上がった黒石の眼差しが鋭い。


松浪屋から門弟をつけてきた安次郎が、足を止めた。

門弟が佃一家に入っていく。

張り込んでいる松倉と小幡を探して、安次郎が周りに視線を走らせた。

佃一家の出入りを見張ることができる、通りをはさんで向こう側の通り抜けから出てきた小幡が、猫でも追い払うような仕草で、何度か手を振った。

やってきたほうを安次郎が指さす。

大きく小幡がうなずいて、再び同じ仕草を繰り返した。

それが、引き揚げろ、という意味だと察した安次郎が、背中を向けて小幡を横目で見やる。

大きく小幡がうなずいて見せた。

通り抜けに引っ込んだ小幡を見届けて、安次郎が足を踏み出した。

門弟と佃の鮫八が、松浪屋へ入っていく。

反対側の町家の通り抜けに身を潜めていた安次郎が、前原に話しかけた。

「小幡さんがつけてきた。今度はあっしが、引き揚げてくれ、という意味の合図を出す番だ」

しゃがんでいた安次郎が、ゆっくりと立ち上がった。

見世の奥にある居間で、上座に松浪屋、その斜め右に黒石、斜め左に鮫八が座している。

　ふたりに視線を流して、松浪屋が口を開いた。

「さっき黒石さんから聞いたが、道場に鞘番所の大滝と同心ふたりが乗り込んできて『不動一家の賭場荒らしのなかに、付け馬道場の門弟がまじっていたという者がいる。捨てておけぬので、賭場荒らしのやくざにかかわりがある品があるかどうか家探しをさせてもらう』といったような口上を述べて、道場に上がり込み、家探しししているそうだ」

「そいつは大変だ。先生、そのこと、誰が知らせてきた」

　訊いてきた鮫八に黒石がこたえた。

「まだ怪我が治りきっていないので、留守番として残してきた持田が、鞘番所の奴らの目を盗んで逃げ出し、知らせてきた。道場に無理矢理上がろうとした鞘番所の連中のひとりが、立ち塞がった持田に当て身をくれて気絶させ、上がり込んだそうだ。持田は道場がどんなことになっているか、様子を見に道場に帰した」

　鼻で笑って、鮫八がいった。

「馬鹿な奴らだ。付け馬道場をいくら家探ししても、賭場荒らしにかかわる品は出てこない。やくざの装束に長脇差などの一切合切、佃一家の奥深くにしまい込んであるのだからな」

渋面（じゅうめん）をつくって松浪屋が告げた。

「油断は禁物だ。今日、河水楼の藤右衛門がやってきて『桝居と小紅楼の女将の代人になった。今後は、おれが売買の話し合いの相手になる。桝居と交わした仮証文は反故にする』といって引き揚げていった」

「そいつは大変だ」

「厄介なことになったな」

ほとんど同時に鮫八と黒石が声を上げた。

顔を突き出すようにして黒石がことばを継いだ。

「河水の藤右衛門を殺すか。小紅楼の主人のように、辻斬りにあった風を装って、斬り殺せばいい」

眼光鋭くふたりを見据えて、松浪屋が告げた。

「おれも覚悟を決めた。こうなったら、鞘番所を敵にまわすことも厭（いと）わない。まず藤右衛門を始末しよう。鞘番所の誰かが陰ながら藤右衛門を警固していたら、そいつらも斬り殺そう」

「わかった。すぐ手配りしよう」

　脇から鮫八が声を上げた。

「河水楼と小紅楼に火をつけるか」

「そうだな」

　首を傾げた松浪屋に、鮫八が割って入った。

「まず手始めにおれのところを見張っている鞘番所の同心ふたりを血祭りにあげよう。何者かに襲われた風を装って、息の根を止める。また賭場荒らしのやくざたちに働いてもらうか」

　血に飢えた笑いを浮かべた鮫八に、

「それはいい。おもいっきり暴れさせてもらう」

　薄ら笑いで黒石が応じた。

　そんなふたりを、獲物に襲いかからんばかりの残忍な獣に似た目つきで、松浪屋が見つめている。

七

　暮六つ（午後六時）過ぎまで、錬蔵たちは付け馬道場の探索をつづけた。

板敷の稽古場の壁に背をもたれかけ、足を投げ出して座っている持田に、錬蔵が声をかけた。

「残念だが、賭場荒らしの証となる品は見つからなかった。が、取り立てにかかわる書付の入った木箱三個を押収していく。何通か気になるものがあるからだ。またくる」

返答しようともせず黙り込んでいる持田を横目に見て、錬蔵たちは道場を後にした。

昼前に、気絶した持田の様子を見にいった八木が、いなくなっていることに気づいて、錬蔵に報告している。

が、錬蔵たちは、そのことをおくびにも出さなかった。

この探索は無駄ではなかった、と錬蔵は考えている。持田がいなくなったと知ったときから、錬蔵は黒石を待ちつづけた。

が、黒石はこなかった。

この黒石の動きは、付け馬道場には賭場荒らしの証になるよう品は存在しない、ということを意味している。錬蔵はそう判じていた。

道場からは見えないところに差しかかったとき、錬蔵が溝口に声をかけた。

「木箱を持って先に鞘番所にもどり、無宿人たちの様子をあらためてくれ。おれは松浪屋へ向かい、前原や安次郎と落ち合う」

「土浦の権次が土左衛門で上がってからというもの、無宿人同士で探り合っているような気配があります。いままで口を割らなかった連中を締め上げれば、何かわかるかもしれません。調べてもいいですか」

「いまは、わずかな手がかりでもほしいときだ。調べてくれ」

「承知しました。もどられるまで、吟味部屋で調べながら待っています」

「頼む」

溝口たちに背中を向けて、錬蔵が歩き出した。


すでに夜五つ（午後八時）は過ぎていた。

永代寺門前町の茶屋〈水仙〉のおごりで、ほろ酔い気分になった片山、大熊、飯尾ら鞘番所南町組の面々は、二十間川沿いの通りを、のんびりとした足取りで歩いていた。

「呑み足りませんな。もう一軒、ただで呑ませてくれる料理屋にでもいきませんか」

顔を大熊に向けて、飯尾が話しかけた。

「そうするか。御支配、今夜は浴びるほどやりましょう」

呼びかけて振り向いた大熊が、訝しげに目を細めた。

立ち止まった片山が、首を傾げている。

「どうしました、御支配。とことん呑みましょうや」

さらに声をかけてきた大熊を、片山が振り返った。

「野暮用をおもい出してな。そっちへまわりたい。今夜は、ふたりで酔い潰れるまでやってくれ」

「あ」

一瞬、呆けたように口を半開きしたまま動きを止めた大熊が、にたり、としてことばを継いだ。

「そういうことですか」

にやり、とした片山が、顔の前で右手の小指を立てた。

意味深な笑みを浮かべて見合った大熊と飯尾が、

「野暮なことは訊きません」

「せいぜい楽しんで」

揶揄（やゆ）する口調で相次いで声をかけ、片山に背中を向けて歩き出した。

去っていく大熊たちから、向こう岸の蓬莱橋のたもと近くへ視線を移して片山が瞠目（どうもく）した。

手甲、脚絆を身に着けたやくざが十人ほど、佃稲荷のそばに立っている。

（賭場荒らしは十人ほどの一群だと北町組の同心から聞いたことがある、と鞘番所の小者がいっていたが、あそこでたむろしているやくざたちも十人ほどだ。気になる）

胸中でつぶやいた片山が、蓬莱橋を渡るべく歩き出した。

やくざたちが佃稲荷の境内に入っていく。

（あの近くには佃一家の賭場がある。あのやくざたち、賭場を襲うつもりかもしれない）

判じた片山は、一気に蓬莱橋を駆け抜けた。

やくざの一群は、佃稲荷のなかに消え失せている。

突然、

「何者だ」

と声が上がるや、裂帛（れっぱく）の気合いが発せられた。

鋼をぶつけ合う音が響く。

その音は、佃稲荷の裏手から聞こえてきた。

大勢で戦っているのか、怒声と剣戟音が入り乱れている。

（斬り合っている。まさか北町組の連中が襲われたんじゃ）

大刀の鯉口を切りながら、片山が佃稲荷の境内に飛び込んでいった。

八章　大地(だいち)に槌(つち)

一

稲荷の裏手の、境内からつづく小さな空き地で、修羅場が展開されていた。

頰被(ほおかむ)りをしたやくざたちが、ふたりの同心に斬りかかっている。

社(やしろ)の脇まで忍び足で歩を運んだ片山は、羽織を脱ぎ社の台座にかけた。

その場の有り様を見定めるべく、目を凝(こ)らす。

佃稲荷の前で群れていたときのやくざたちは、頰被りをしていなかった。

(顔を見られたくないために、頰被りをしたのだろう。顔を見たら、深川のどこかで顔を合わすことがある奴らかもしれない。何人かの頰被りを切り裂いて、顔を見届けてやる)

一歩前に出て片山は、大刀を引き抜いた。

呼ばわる。

「深川大番屋南町組支配の片山銀十郎だ。助太刀する」

上段に大刀を振りかぶって、片山が戦陣に躍り込む。

斬りつけたやくざの肩口に、片山の刃が食い込んだ。

血を噴き散らして、やくざがよろける。

同心のひとりが、背後にいる片山の動きに目を走らせた。

気をとられた同心の虚をついて、やくざが斬りかかる。

あわてて身を躱そうとした同心の右の二の腕を、斬りかかったやくざの大刀がかすめた。

袖を切り裂かれ、血をあふれさせて呻いた同心が、たたらを踏む。

斬られたやくざを庇うように、近くのやくざが片山に斬りかかってきた。

その刃を払いのけた片山の目に、使えなくなった右手から左手に大刀を持ちかえて、身構える同心の姿が飛び込んできた。

同心は、小幡だった。

少し離れたところで、やくざたちと斬り結ぶ松倉が呼びかける。

「小幡」

そんな松倉に別のやくざが斬りかかる。

凄まじい打ち込みを受け止めた松倉が、腰砕けしてへたりこんだ。

別のやくざが手にした大刀に力をこめ、松倉の大刀を押さえ込む。

力負けした松倉の肩口に、別のやくざの刃が食い込みそうになったとき、片山が刀を振りまわしながら躍り込んだ。

背後から迫った風鳴り音を察知した別のやくざが、横に跳んで逃れる。

「何をしている。早く立て。立って戦うのだ」

下知した片山を見て、松倉が驚愕して、おもわず独り言ちた。

「片山さん。まさか」

「立て」

「如何様」

再び立ち上がった松倉が、へっぴり腰で大刀を構える。

そんな松倉を庇って、残るやくざたちと斬り結びながら、片山が大声で告げた。

「松倉、小幡、ひとつところに集まれ。背中合わせで戦うのだ。松倉、おれから離れるな」

「はっ」

大刀を左右に振りながら、松倉が片山と背中合わせになる。

「小幡に近寄る。小幡も寄ってこい」

「承知」

左手一本で大刀を操る小幡が、かかってくるやくざたちと大刀をぶつけ合いながら、片山たちに近づいてくる。

肩口を斬られたやくざを、他のやくざが支えている。

横目で、それを見て片山が吠(ほ)えた。

「ふたり、戦いから離脱した。力のかぎり戦え」

「承知」

大声で応じた小幡が、大刀を横薙ぎする。

脇腹を斬り裂かれ、血をあふれさせてやくざがふらついた。

取り囲んでいたやくざたちが、小幡から数歩後ずさる。

できた隙間を片山たちに向かって、小幡が素早く駆け抜ける。

「片山さん、助太刀ありがたい」

「礼は無用。背中合わせになれ」

「はっ」

斜めにずれた松倉と片山の間に、小幡が躰を入れる。

脇腹を裂かれたやくざを、近くにいたやくざが支えた。

残るやくざたちが、一塊になった片山たちを取り囲む。

睨み合った瞬間、駆け寄る足音が響いた。

その音に、呼ばわる声が重なった。

「深川大番屋北町組支配大滝錬蔵である。抗えば斬る」

やくざたちと片山たちが、声のしたほうに目を走らせる。

大刀を抜き放った錬蔵と前原、匕首を手にした安次郎が駆け寄ってくる。

やくざの頭格とおもわれる男がわめいた。

「引け。怪我人を連れて、引き揚げるのだ」

その声に、やくざたちが一斉に後ずさる。

動かない片山たちを見据えながら、刃の届かない隔たりに達したのを見極めた頭格が声を高めて下知した。

「逃げろ」

背中を向けて、怪我したふたりを両脇から抱え上げたやくざたちが、脱兎のごとく逃げ去る。

片山たちに錬蔵たちが走り寄る。

そばにくるまで待ちきれぬように小幡が声を上げる。

「御支配、片山さんが助太刀をしてくださいました」

無言でうなずいた錬蔵が、片山に声をかける。

「片山殿、礼をいう。支配を超えてたすけてもらった。ありがたい」

「同じ深川大番屋詰め。礼は無用。小幡が怪我をしている。早く医者に診せねばならぬ。番所にもどろう」

「心遣い、すまぬ」

顔を安次郎に向けて、錬蔵が告げた。

「安次郎、一っ走りして医者を鞘番所に連れてきてくれ。おれたちは小幡に、この場でできるかぎりの処置をほどこしてから引き揚げる」

「わかりやした」

踵を返して安次郎が走り出した。

見届けて、片山が錬蔵に話しかけた。

「斬り合っていることが、よくわかったな」

「松浪屋の張り込みを終えての帰り道だ。剣戟の音が聞こえたので駆けつけた」

「正直いって、気づいてくれてよかった。あ奴ら、やくざの恰好をしているが、それなりに剣の修行を積んだ者どもだ。おそらく無頼の浪人たちだろう」

応じた片山に錬蔵が告げた。

「おれも、そうおもう」

顔を小幡に向けて、錬蔵がつづけた。

「小幡の傷の手当てをしよう。松倉、前原、小幡の躰を支えてやれ。処置したときの痛みに躰が動けば、手当てがしにくい」

苦笑いして、錬蔵がことばを重ねた。

「抜き身の大刀を手にしていては、手当てもできぬな。刀を鞘(さや)に納めよう。前原、小幡の大刀を鞘に入れてやれ」

「承知しました」

自分の大刀を鞘に納めた前原が、小幡の腰から大刀の鞘を抜き取った。

小幡の手から大刀を受け取り、手にした鞘に入れる。

それを見た錬蔵と片山、松倉が、鍔音(つばおと)高く大刀を鞘に納めた。

佃一家の奥座敷で松浪屋とその斜め左右に鮫八、やくざの出で立ちをした黒石が座っている。

二

呆れたように鮫八が吐き捨てた。

「同心とはいえ、たったふたりを斬り損なうとは、先生もやきがまわったね。本職は人斬りだ、といっていたが、看板に偽りありってことかい」

渋面をつくって、黒石がいった。

「そういうな。おもいもかけぬ助っ人が現れたのだ。それも、後ろから平気で斬りつける恥知らずな奴だ」

「後ろから斬りつける恥知らずな奴だって、笑わせちゃいけないよ。後ろからやっつけるのは、先生のお得意の技じゃねえか」

「おれは人斬りだ。恥を恥ともおもわぬ稼業の者、今日斬りつけてきた奴とは、立場が違う」

「立場が違う？　その恥知らずは、どこの野郎なんで」

「鞘番所の南町組支配の片山銀十郎だ」

　脇から松浪屋が声を上げた。

「あの、ぐうたらで、ただ酒ばかり喰らって、袖の下をたかっている南町組の片山が北町組の同心をたすけたっていうのか。とても信じられねえ」

「おれだけじゃない。門弟たちも、一瞬呆気にとられていた。驚いたことに、あ見えて片山は、なかなか腕がたつ。日頃の片山との落差の大きさに、度肝を抜かれた門弟もいたはずだ。止めは、大滝と配下の浪人に元男芸者まで駆けつけてきたことだ。大滝は片山より強い。これ以上、怪我人を出すわけにはいかぬとおもって引き揚げてきたのだ」

　呆れた口調で松浪屋が告げた。

「いいわけは困るよ、黒石さん。おそらく鞘番所の連中は、仲間が襲われたことでいきり立っているはずだ。これから追及が厳しくなるだろう」

　黒石が顔を歪めた。

「それは、たしかに、そうなるだろうな」

「そうなるだろうな、では困るよ。今後、どうするか、訊きたいんだよ。いい考えはないのかい」

かさにかかった松浪屋の物言いを聞き咎めて、鮫八が割って入った。

「甚三郎、そういういい方はねえだろう。先生の門弟がふたりも怪我している。先生も、好き好んでしくじったわけじゃねえ。しくじったことを責めるより、三人寄れば文殊の知恵、これからどうするか、次に打つ手を考えたほうがいいんじゃねえか」

苦笑いして、松浪屋がこたえた。

「それはそうだが」

首をひねった松浪屋に、鮫八がいった。

「鞘番所の同心にも怪我をさせた。甚三郎がいうとおり鞘番所の連中は、いきり立っているだろう。同心を襲ったやくざたちの行方を、しつこく追いかけるに違いない」

「そうだろうな」

渋い顔で松浪屋が応じた。

「おれは強気一本で行く、と決めている。この際、一気に攻め込んで、鞘番所の奴らを皆殺しにするしか、おれたちが生き残る手立てはないんじゃねえか。どうおもう」

「そうだな」

こたえて、松浪屋が黙り込んだ。

じっと見つめて、鮫八と黒石が松浪屋が口を開くのを待っている。

ややあって、松浪屋が告げた。

「たしかに、一気に攻め込むしか手はないだろうな」

身を乗り出すようにして鮫八がいった。

「わかってくれたか。策を練ろう」

「どうするか、決まっている。今夜、鞘番所を襲うのだ。賭場荒らしの一味の仕業と見せかければいい」

呆れたように、黒石がいった。

「今夜は無理だ。怪我したふたりの手当てもある。それに鞘番所を襲うには、おれの門弟だけではこころもとない。佃一家の子分たちも一緒に斬り込んでもらいたい。親分も、おれとともに鞘番所に殴り込むというのなら、勝ち目はある。どうだね、親分」

「いいだろう。こうなったら一蓮托生だ。おれも斬り込もう」

顔を松浪屋に向けて、鮫八がつづけた。

「甚三郎、いい出しっぺはおまえだ。一緒に斬り込め、といっても、一度も長脇差を持ったこともないおまえは足手まといになるだけだ。が、せめて鞘番所の前まで一緒にやってきて、おれたちの戦いぶりを見たらどうだ」

皮肉な笑いを浮かべて、鮫八がさらにことばを重ねた。

「それとも、修羅場のそばに寄るのも厭か。そうだろうな。おまえは昔っから、喧嘩場からは、いつのまにかいなくなっていた。今度も、そうなるんじゃねえか。そんな気がする」

腹立たしげに松浪屋がいった。

「つまらんことをおもい出すな。今度は違う。大儲けするために、じっくりと仕掛けてきたんだ。昔とは違う。それと、いまいい策をおもいついた」

「どんな策だ」

口をはさんで黒石が問いかけた。

目で鮫八が促す。

ふたりに視線を流して、松浪屋が告げた。

「明日の晩、小紅楼と河水楼に火をつける。当然、鞘番所の奴らは繰り出してくるだろう。奴らが付け火の探索に疲れ果ててもどってきたときに襲いかかり、どさくさにまぎれて鞘番所に火をつけるというのはどうだ。鞘番所が焼け落ちたら、南町と北町の大番屋支配は、ともに手落ちを咎められて、厳しく処罰されるはずだ。おれたちの悪事を追いかけることもできなくなる。ざまあ見ろ、というわけだ」

ふてぶてしい笑いを浮かべた松浪屋に、

「いい策だ。乗った」

「おもしれえ。やってやろうじゃねえか」

相次いで応じて、黒石と鮫八が酷薄な笑みを浮かべた。

三

朝早く出かけるときに、必ず前原がやることがあった。

音を立てないようにして襖を細めに開け、部屋を覗き込む。

なかでは、夜具にくるまって、佐知と俊作が安らかな寝息をたてていた。

しばらく見つめた前原が、開けたときと同じように気をつけて襖を閉める。

そして、忍び足で表へ向かうのだった。

そんな前原を、お俊はいつも微笑ましい気持ちで見やっている。

今日も前原は、朝早く出かけることになっていた。

昨夜、小幡と松倉が、頬被りをしたやくざの一群に襲われた。小幡が負傷し、その手当てなどの混乱で、合議をやることができなかった。

「事態が急変してきたような気がする。新たな策を講じるときかもしれぬ」

と錬蔵がいい出し、暁七つ半（午前五時）に合議を持つことになった。

いつものように襖を細めに開けて、佐知と俊作の寝顔を眺めた後、前原は表戸へ向かった。

草履を履き、立ち上がった前原にお俊の声がかかった。

「旦那、ちょっと待っておくれ」

立ち止まった前原の目に、勝手のほうから出てきた、火打石と火打金を左右の手に持ったお俊の姿が映った。

神妙で、真剣なお俊の顔つきだった。

板敷の上がり端に立って、お俊が話しかけた。

「切火を打ちたいんだよ。夕べ、小幡さんが怪我したって聞いたんで、縁起かつぎの厄払いさ」

「すまぬ」

「切火を打つよ」

火打石と火打金を、お俊が数度打ち合わせた。

前原は、お俊のなすがままにまかせている。

切火を打ち終わったお俊が、前原をじっと見つめて告げた。

「旦那、後のことは心配しないで、しっかりと働いてきておくれ。もしも、万が一のことがあっても、佐知ちゃんと俊作ちゃんは、あたしが、ふたりのおっ母(か)さんになって、立派に育て上げるからね。堅気(かたぎ)の稼業について、ふたりに肩身の狭いおもいはさせない」

「お俊」

おもいもかけぬお俊のことばに、呼びかけたものの、前原は夢幻のなかにいた。

はにかんだような笑みを浮かべて、お俊がいった。

「縁起でもないことをいってしまったね。もう一度、験(げん)直しに切火を打つよ」

じっとお俊を見つめて、無言で前原がうなずいた。

再びお俊が、数度火打石と火打金を打ち掛ける。

いつもの威勢のいい口調にもどって、お俊が声をかけた。

「験直しはすんだ。繰り出しておくれ」

「お俊。留守を頼む」

神妙な面持ちで、前原が告げた。

笑みを浮かべて、お俊が大きくうなずいた。

四

刻限は、夜四つ（午後十時）をとうにまわっていた。

小紅楼を望むことができる、明かりを落とした居酒屋の脇に松浪屋と鮫八が立っている。

往来をそぞろ歩く酔客の姿も、まばらになっていた。

茶屋や局見世では、泊まりがけで遊ぶ客たちが、まだ酒宴を楽しんでいるころあいである。

あたりを見渡しながら、鮫八が話しかけた。

「鞘番所の奴ら、懲りずに今日も張り込んでいたな。昨日、始末し損なった同心が白布で腕を吊って、これみよがしに立っていた」

「おれのところも、鞘番所の奴らに見張られていたよ。大滝と、やくざの用心棒をやっていた浪人と元男芸者の三人だ。身を隠す気もないのか、向かい側にある茶屋の軒下で立ったり、しゃがんだりしていた。夜五つ近くまでいたな」

こたえた松浪屋が、鮫八に目を向けてつづけた。

「河水楼のほうの手配りはできているんだろうな」

「先生が門弟たちを指図している。まずしくじりはない」

「小紅楼の周りには、子分たちが散らばっているといっていたな。どういう段取りになっているんだ」

「おれが、火をつけろ、と合図をしたら、岩吉が見届けて近くにいる子分に合図をつたえる。順繰りに合図をつたえていって、人気がないところに潜んでいる子分が火をつけるというやり方だ」

「大丈夫か」

訊いてきた松浪屋に、露骨に厭な顔をして、鮫八が吐き捨てた。

「しくじらないように考えて手配りしたんだ。どう転がるか、やってみなければわからねえよ」

「わからねえ、だと。いい加減にしろ。腹をくって勝負しているんじゃないのか」

「いまさら何をいっているんだ。腹のくくりが足りないのはおまえだろう。先生はともかく、おれはおまえと一緒に海から出て、同じ築地でも、いままで人が住みつづけてきた陸（おか）に上がって、深川を牛耳ってやろうとおもってやってきたんじゃねえのか」

「それはそうだが」

「なら信じろ。幼なじみの、おれたちだろうが」

「たしかに、そのとおりだ」

ことばを切った松浪屋が、さらに問いかけた。

「まだ小紅楼に火をつけないのか」

「そろそろだ」

通りへ足を踏み出した鮫八が、道のなかほどで立ち止まった。

つられたように松浪屋が鮫八のそばに行く。

小紅楼のほうを向いた鮫八が、高々と右手を上げた。

大きく手をまわす。

動きを止めた鮫八が、小紅楼をじっと見つめた。

肩をならべた松浪屋も目を凝らす。

ふたりは、小紅楼のほうを身じろぎもせず見つめている。

河水楼の裏手の外壁に、ふたり連れの浪人のひとりが一升入る指樽（さしだる）を傾け、酒をかけている。

しゃがみ込んだ別の浪人が、懐から取り出した火打石と火打金を、酒がかけられた外壁のそばで打ち合わせた。

火花が飛び散る。

突然、酒で濡れた外壁に火がつき、みるみるうちに燃え上がった。

指樽のなかに入っていたのは、酒ではなく油だったのだろう。

油で濡れた外壁が一気に燃え上がる。

次の瞬間、怒鳴り声が響いた。

「付け火だ。浪人が火をつけたぞ」

声と同時に、河水楼のなかから男衆が飛び出してくる。

火を消すためか、男衆は長鳶（ながとび）を手にしている。

あわてて浪人ふたりが逃げ出した。

行く手を塞ぐように抜刀した溝口と八木、前原と松倉が立っている。

「深川大番屋の者だ。火をつけたところを、しかと見届けた。神妙に縛につけ。抗えば斬る」

「見張っていたのか」

「逃げてみせる」

浪人ふたりが大刀を抜き連れる。

「容赦はせぬ」

吠えて、溝口が斬りかかる。

前原たちもつづいた。

迎え撃つ構えを見せたふたりが、いきなり背中を向けて逃げ出す。

一跳びした溝口の峰打ちが、ひとりの浪人の肩口に炸裂する。

げっ、と呻いて浪人が昏倒した。

残るひとりに、前原が斬りかかる。

横に跳んで逃れた残るひとりに、溝口が袈裟懸けの一撃を加えた。

今度は峰打ちではなかった。

首から血を噴き散らして、残るひとりがその場に崩れ落ちる。

潜む者の気配を求めて、あたりを見まわした溝口に声がかかった。

「峰打ちで倒した浪人は、付け馬道場の門弟だ」

振り向いた溝口の目に、気絶した浪人のそばに片膝をついて、顔をあらためている前原の姿が飛び込んできた。

「たしかか」

顔を上げて、前原が告げた。

「御支配とともに付け馬道場に乗り込んで、門弟たちの顔は見知っている。間違いない」

あたりを睨みつけて溝口が吠えた。

「出てこい。付け馬道場の奴ら、隠れていないで出てこい。卑怯者め」

仁王立ちした溝口を、河水楼の裏手を見張ることができる通り抜けに身を潜めた黒石が凝然と見つめている。

「火は消し止められた。鞘番所の奴ら、網を張っていやがったのか。付け火することが、なぜわかったのだ」

悔しげに呻いた黒石が、したがう村上に声をかけた。

「この場は引き揚げて、万年橋のたもと近くにある舟蔵へ向かう。佃一家の者たちや松浪屋と落ち合って鞘番所に殴り込む。仲間がひとり捕らえられた。鞘番所の連中を始末せねば、おれたちの住む場所は、この深川にはない、と潜んでいる皆にったえるのだ」

「直ちに」

こたえた村上が黒石のそばを離れた。

「付け火だ」

わめき声が上がった。

松浪屋と鮫八が、数歩、小紅楼に歩み寄る。

小紅楼の裏手から火の手が上がった。

次の瞬間、断末魔の絶叫が響き渡る。

叫び声にかぶるように、錬蔵が呼ばわった。

「深川大番屋北町組支配大滝錬蔵である。付け火があるかもしれぬと推測して張り込んでいた。付け火の一味は、この場にて斬る」

消されているのか、上がった火の手がみるみるうちに小さくなっていく。

驚愕して棒立ちとなった松浪屋と鮫八が、顔を見合わせた。

「子分たちには、付け火が見つかったら、すぐに逃げ出して万年橋そばの舟蔵へ向かえ、そこで付け馬道場の先生や門弟衆と落ち合うことになっている、とつたえてある。おれたちも舟蔵へ行こう。そこで先生と落ち合い、鞘番所の連中を待ち伏せするんだ。不意打ちして、皆殺しにしてやる」

鮫八が不敵な笑みを浮かべた。

「いよいよ大勝負だな」

目をぎらつかせて、松浪屋が小紅楼を見据えた。

五

男衆が総出で火を消している。

河水楼の火事は、もう少しでおさまりそうだった。

近くで藤右衛門と溝口が、様子を見ている。八木、松倉、前原が火事場の周りに立ち、警戒の目を光らせていた。

火を消している男衆から溝口に視線を移して、藤右衛門が話しかけた。

「突然溝口さんがいらして、大滝さまにいわれて警固にきた。付け火があるかもしれない。用心したほうがいい、といわれたときには、そんなことが起きるはずはない、とおもいました。いざ付け火されてみると、大滝さまの読みがあたったと驚いております。大滝さまは、何を根拠に付け火があるかもしれないと考えられたのですか」

「いわなかったが、昨夜、松倉さんと小幡がやくざの一群に襲われたのだ。小幡は斬られて負傷した。まず南町組の片山さまが助勢してくださり、つづけて御支配と前原、安次郎が駆けつけた。それで、やくざどもは逃げ去ったと聞いている」

「そんなことがあったんですか。それで大滝さまは付け火があるかもしれないと推測されたんですね」

「今朝方の合議のとき、御支配が、茶屋桝居が付け火された。賭場荒らし同様、茶屋への付け火が相次ぐかもしれぬ。今夜、河水楼を警固するように、と指図をされたのだ。御支配は、小幡と安次郎とともに小紅楼を警固されている」

「小紅楼も付け火されたかもしれませんね」

「火の手が上がっていないので、なんともいえぬ。ただ、これだけはいえる」

「これだけはいえる、とは」

鸚鵡返しをした藤右衛門に、溝口がこたえた。

「おれが斬り捨てた浪人は付け馬道場の門弟だった。前原が顔を知っていた。付け火しようとした浪人はふたり。そのうちのひとりは峰打ちにして、生け捕りにしてある。しつこく責めたてれば、いずれ誰の指図で動いているか、白状するだろう」

独り言のように、藤右衛門がつぶやいた。

「付け馬道場に指図できる男はひとりしかいない。松浪屋甚三郎だ」

聞き逃すことなく、溝口が告げた。

「たぶんそうだろう。はっきりさせるには、多少、時がかかるかもしれぬがな」

視線を火事場に移して、溝口がことばを重ねた。

「火が消えたな。あたりには浪人たちの気配はない。そろそろ引き揚げさせてもらう。御支配と上ノ橋で落ち合うことになっているのだ」

「後は私のほうで手配りします。大滝さまに、たすかりました、ありがとうございます、とおつたえください」

頭を下げた藤右衛門に、溝口が告げた。

「つたえておく。まだ何の証もないゆえ松浪屋を捕らえることはできぬ。これからも、何かと仕掛けてくるだろう。気をつけるんだな」

「そのことば、肝に銘じておきます」

再び藤右衛門が頭を下げた。

小紅楼の裏手で、富造ら河水楼の男衆数人が、くすぶっている外壁に手桶の水をかけている。小紅楼の建屋から火事場まで連なった十数人が、水を満たした手桶を手渡しで、水をかけている富造たちに届けている。

その様子を錬蔵と白布で右腕を吊った小幡、安次郎が眺めていた。

錬蔵の傍ら、安次郎たちの反対側に立って、お滝が火を消す作業を見つめている。

目をお滝に向けて、錬蔵が声をかけた。

「藤右衛門が貸してくれた男衆たち、よく働いてくれるな」

「ありがたいことです。ほんとうに藤右衛門親方には世話をかけっぱなしで」

「藤右衛門は、女将のことを心配している。遠慮なく相談することだ。独り者の藤右衛門の、よい話し相手になることが、世話をかけた藤右衛門への、せめてもの恩返しになると、おれはおもう」

「あたしも、そうおもっています。よい話し相手として、末永く付き合ってもらえればありがたいと、心底おもっています」

笑みをたたえてうなずいた錬蔵が、口調を変えて告げた。

「あまりの身軽さに、外壁に油をかけていた男は逃がしたが、おれが斬った火をつけようとしたやくざは、佃一家の子分だ。賭場荒らしを追って張り込んでいるときに見た顔。そのやくざの顔は、一緒にいた安次郎も見ている。佃一家は松浪屋とかかわりがある。しかし、松浪屋が今夜の付け火をやらせたとの証はない。それゆえ、いま松浪屋を捕らえるわけにはいかぬ」

「そのこと、わかっています」

「松浪屋は、今後も何かと仕掛けてくるだろう。くれぐれも気をつけてくれ。不安になることがあったら、遠慮なく相談してくれ。お紋にいえば、おれにつたわる」

「そうさせていただきます」

お滝が、深々と頭を下げた。

万年橋たもと近くの舟蔵のそばには、黒石以下付け馬道場の門弟たちと佃の鮫八以下子分たち、松浪屋が集まっていた。

付け馬道場の門弟は、溝口に斬られたひとりと負傷した三人、捕らえられたひとりの計五人が欠けている。

佃一家の子分は錬蔵にひとり斬られていた。

それでも戦える者は、合わせて、ゆうに二十人余もいる。

鞘番所北町組は錬蔵以下同心四人に前原と安次郎の計七人であった。

人数では、遥かに鮫八と黒石の率いる一群が勝っている。

が、剣術の業前（わざまえ）では、遥かに錬蔵たちが優れていた。

「待ち伏せして、不意打ちを仕掛けるしかあるまい」

と黒石がいい、鮫八が、

「二手に分かれて、はさみ撃ちにしたらどうだ」

と目をぎらつかせた。

口をはさんだのは松浪屋だった。

「佃一家のなかで身の軽い子分を先に鞘番所に忍び込ませ、付け火をしたらどうだ。鞘番所から火が出たら、大滝たちは焦って、あわてふためくはずだ。そこに不意打ちをくわせる」

「おもしろい。それでいこう」

と、黒石が身を乗り出した。

「身の軽い奴を二人ほど、鞘番所に忍び込ませよう。鞘番所と隣りの紀州藩の抱え屋敷の塀の境目あたりが入りやすそうだ。さて、誰にやらせるかだが」

腕を組んで鮫八が首をひねった。

黙然と見つめた松浪屋と黒石が、鮫八の次のことばを待っている。

六

上ノ橋のたもとで錬蔵たちと溝口たちは落ち合った。溝口が峰打ちで倒し、後ろ手に縛り上げた付け馬道場の門弟の縄じりを、八木がとっている。

万年橋を渡ったところで、錬蔵が足を止めた。つられて溝口たちも立ち止まる。

斜め後ろにいる溝口が、錬蔵に話しかけた。

「付け馬道場と佃一家の連中が、土手の脇に身を隠して待ち伏せしています。凄まじい殺気だ」

振り向くことなく錬蔵が応じた。

「紀州藩抱え屋敷の塀の陰にも潜んでいる。おれたちが鞘番所の木戸門の前に差しかかったところで、後ろと斜め前からはさみ撃ちにする気だろう。ん？」

息を呑んで目を懲らした錬蔵が、声を上げた。

「見ろ。南町組の長屋に連なる詰所から、火の手が上がっている。いまなら小火で終わりそうだ」

前に出てきた安次郎が、声を高めた。

「南町組のお歴々は、酒宴で、まだ帰っていらっしゃらないかもしれない。小者詰所に詰めている小者たちからは見えない場所だ。早く知らせなきゃ」

走り出した安次郎の行く手を遮るように、木戸門の両脇、紀州藩抱え屋敷の塀の陰から黒い影が走り出てきた。

それが合図だったかのように、鞘番所寄りの万年橋のたもとからも黒い影が飛び出してくる。なかに二本差しの姿も混じっていた。付け馬道場の残党がくわわっているのだろう。

「円陣を組む。一塊となって木戸門へ向かうのだ」

錬蔵の指図にしたがい、駆けもどってきた安次郎はじめ一同が、背中を向け合って円陣を組もうとした。

門弟の縄尻をとった八木ひとりが、どうしていいかわからずあたふたしている。

いきなり大刀を抜き放った溝口が、縛られた門弟の肩口に、痛烈な上段からの一太刀を浴びせた。

首の付け根から血を噴き上げて、門弟がその場に頽れる。

倒れた門弟に引きずられてよろけた八木を、溝口が怒鳴りつけた。

「八木、何をしている。縄尻を離せ。円陣にくわわり、刀を抜くのだ」

あわてて縄をほうり出した八木が、あいていた円の隙間に入り込む。

そんな八木の動きを見届けた錬蔵が、大刀を抜いて下知した。

「迎え撃つ。円を崩すな」

すでに抜き身の大刀を手にしている溝口以外の面々が刀を抜き連れた。

鞘番所のなかの南町組の詰所の前の通路に、隣接する長屋から押っ取り刀の片山が飛び出してきた。まだ床についていなかったのか、片山は小袖を着流した、くつろいだ姿のままだった。

同心詰所や支配用部屋、吟味部屋に牢屋が設けられた詰所の外壁が燃え始めている。

建屋の外壁の下半分に油を一筋まいたのか、まっすぐに炎が上がっている。

「きな臭い匂いがしたとおもったら、火事か。いまなら小火で消し止められる」

呻いた片山が、ありったけの大声で怒鳴る。

「大熊、飯尾、出てこい。火事だ。小者たちもこい。水だ。火を消せ。早くするんだ」

その声に相次いで長屋の表戸を開け、大刀を手にした小袖を着流しただけの大熊と飯尾が、のたのたとした足取りで出てきた。

「ほんとに火事だ」

驚いて大熊が、

「大火事になったら切腹ものだぞ。小者たち、早く消せ」

火元に走り寄って、飯尾が悲鳴に似た声を上げる。

そのとき、物陰から黒い影がふたつ飛び出してきて、片山たちから遠ざかるように走り出す。腰に長脇差を差していた。

黒い影は、喧嘩支度（じたく）のやくざとおもわれた。

「おのれ、付け火したのは、うぬらか」

追いかけながら大刀を抜き、一跳びした片山が、逃げ遅れたやくざに上段から大刀を叩きつける。

背中を斬り裂かれたやくざが前のめりに転倒する。

倒れたやくざを乗り越え、片山が足の速いやくざを追う。

よほど足が速いのか、片山は追いつくどころか離されるだけであった。

足の速いやくざが、紀州藩抱え屋敷と鞘番所の境に建つ塀の屋根にとりつく。

「もはや、これまで」

左手に大刀を持ちかえた片山が、小刀を抜き、屋根に這い上がろうとするやくざに投げつける。

やくざの背中に、深々と小刀が突き刺さった。

白い塀を血に染めながら、やくざがずり落ちる。

「手を焼かせやがって」

駆け寄った片山が、やくざの背中を足で踏みつけながら小刀を引き抜く。

振り向いた片山の目に、延焼しないように長鳶を使って外壁を削る小者や、運んできた手桶の水をかける小者、水を運んでくる小者たちの姿が映った。

その傍らに手持ち無沙汰の様子で、ぼんやりと大熊と飯尾が突っ立っている。

「あの愚図ども、もう我慢できぬ。こき使ってやる」

呻いた片山が、大きく息を吸って、おもいっきりわめいた。

「大熊、飯尾、何をしている。早く火を消すのだ」

その声に仰天したのか、大熊と飯尾が、躰を縮めて振り向いた。

抜き身の大小二刀を手にして睨みつけ仁王立ちしている、鬼の形相の片山におそれをなしたか、大熊と飯尾が息を呑んだ。


木戸門の前では、円陣を組んだ錬蔵たちと取り囲んだ黒石や鮫八たちが睨み合っていた。黒石たちの背後、土手から上がったところに松浪屋の姿がある。

「このままでは埒があかぬ。打って出るぞ」

声をかけて、錬蔵が正面の敵に斬りかかる。

溝口が、前原が、鞘番所の面々が錬蔵につづいた。

匕首を振りまわしながら、安次郎が木戸門に向かって走る。

追いかけて、後ろから安次郎に斬りかかろうとしたやくざの脇腹を、追いついた前原が駆け抜けざまに斬り裂いた。

断末魔の叫び声を上げて、やくざが倒れ込む。

木戸門にとりついた安次郎が、大声で問いかけた。

「火事はどうした。小火ですんだのか」

南町組に割り振られた一画に通じる道路から、片山が走り出てきた。

「火は消えた。助勢するぞ」

吠えながら、片山が大刀を抜く。

背後を振り返って、片山が呼ばわった。

「大熊、飯尾。鞘番所南町組の詰所が付け火されたのだ。悔しくないのか。おれは怒っている。付け火したやくざふたりは斬り捨てた。しかし、腹立ちはおさまらぬ。北の捕物だろうとかまわぬ。南町組支配片山銀十郎、北町組に助勢する」

木戸門の潜り口から躍り出た片山が、近くの門弟に斬りかかった。

南町組側の通りから渋々現れた大熊と飯尾が、木戸門のなかで大刀を抜いた。

大刀を手にしたまま、大熊と飯尾はその場を動くことなく、戦っている錬蔵たちを眺めている。

右腕を白布で吊っている小幡はやくざたちと左手一本で戦っている。

松倉と八木は、小幡と背中合わせで斬り合っていた。

倒れたやくざの手から長脇差をもぎとった安次郎は、前原と背中合わせで戦っていた。すでにふたりほど斬り捨てている。

さすがに錬蔵と溝口は強かった。

躍り込んでは斬り捨て、再び躍り込んでは数人斬り倒すといった調子で、ふたりで十数人は始末していた。

戦いにくわわった片山は、瞬く間に門弟とやくざをひとりずつ斬って捨てていた。

木戸門の前には、やくざと門弟たちの骸が散乱している。

錬蔵は黒石と対峙していた。

右八双に構えた錬蔵が、青眼に刀を置いた黒石との間合いを少しずつ詰めていく。

気圧されて、木戸門から連なる塀際まで追い詰められた黒石が、

「死ね」

一声吠えて、突きかかった。

半歩横にずれて身を躱した錬蔵が、たたらを踏んだものの体勢をととのえて青眼に構えた黒石の、肩から胸へと袈裟懸けに、さらに振り下ろした刀を振り上げて脇腹から胸へと斬り裂いた。

迅速極まる錬蔵の太刀捌き(さば)きであった。

「見たことのない必殺の剣、秘伝の技か」

「鉄心夢想流秘伝、霞十文字」

「霞、十、もん、じ」

それまでだった。

躰の前を、あふれ出る血で斜め十字に染め上げた黒石が、その場に崩れ落ちる。

振り向いた錬蔵の目に、鮫八の胴を大刀を横に振って斬り裂いた、溝口の姿が飛び込んできた。

舞うように半回転した鮫八の向こうに、背中を向けて逃げ去る松浪屋の姿があった。

松浪屋に追い縋るように鮫八が左手をのばす。

「甚三郎、おめえは、最後まで喧嘩場から、逃げやがったな。幼なじみが、聞いて、あき、れ、る」

引きつった笑いを浮かべた鮫八が、松浪屋を追うように数歩よろけて前倒しに頽れた。

突然、錬蔵は走り出した。

脇を駆け抜けるとき、錬蔵が告げた。

「溝口、後の仕切りを頼む」

「承知」

短く応じた溝口が、険しい顔で残る門弟ややくざたちを見据えた。

「鞘番所に付け火しやがって、おまえら、許さぬ」

憤怒の形相凄まじく、溝口が門弟たちに斬りかかった。

（松浪屋は口を拭って、佃に居つづけることもできる。松浪屋が付け火や鞘番所襲撃に加担したという証はない。生け捕りにした門弟も、腹立ちまぎれに溝口が斬ってしまった。怪我をした付け馬道場の門弟たちは、今夜のうちに雲を霞と逃げ去ってしまうだろう。松浪屋を裁く手立ては失われたも同然だ）

松浪屋を早足で追いながら、錬蔵は口惜しいおもいにとらわれていた。

いま、先まわりした錬蔵は、蓬萊橋近くの横町の辻で松浪屋がもどってくるのを待っている。

まもなく真夜中の八つ（午前二時）になろうという刻限である。

すでにあたりに人影はなかった。

闇のなか、黒船橋（くろふねばし）のほうから足音が聞こえてくる。

錬蔵は、横町から大島川沿いの通りへゆっくりと歩み出た。

やってきたのは、松浪屋だった。

行く手を塞いだ錬蔵に、松浪屋が足を止めた。

顔を見ようとして、松浪屋が目を凝らす。

驚愕が、松浪屋の面（おもて）に走った。

それも一瞬のことだった。

平静を装って、松浪屋が口を開いた。

「これは鞘番所の大滝さま。こんな刻限に、どうなされました」

じっと松浪屋を見つめて、錬蔵が告げた。

「人違いではないのか。ここにいるおれは、ただの辻斬りだ」

息を呑んだ松浪屋が身構えていった。

「これは、ご冗談を。たちの悪い悪戯はおやめください。ご身分にさわります」

「冗談ではない。いまのおれは、ただの辻斬り。誰に斬られたか知らぬが小紅楼の主人も辻斬りに斬られた。金も奪われた」

「小紅楼のご主人のことは、私にはかかわりありませぬ。悪ふざけはお止めください」

「おれは辻斬り。松浪屋、金はいらぬ。命をくれ」

刀の鯉口を切った錬蔵に、小さく悲鳴を上げた松浪屋が逃げようとして躰を翻した。

その瞬間、錬蔵が動いた。

上段に大刀を振り上げ、一跳びした錬蔵が、逃げようと背中を向けた松浪屋の脳天に、唐竹割りの一太刀を叩きつけていた。

大きく呻いて虚空をつかんだ松浪屋が、その場に膝をつき、ずり落ちるように頽れる。

錬蔵が、大刀を一振りして鞘に納めた。

地に臥した松浪屋を見向くことなく、錬蔵が立ち去っていく。

七

数日後、富岡八幡宮の拝殿の前で手を合わせている前原とお俊、佐知と俊作の姿があった。

境内にある茶店の、緋毛氈が掛けられた縁台に座った錬蔵とお紋が、気づかれぬように前原たちの様子を見つめている。

顔をお俊たちに向けたまま、お紋が話しかけた。

「お俊さんがいっていた。佐知ちゃんや俊作ちゃんを連れての富岡八幡宮詣でが、あたしと前原の旦那の祝言代わり。あたしは佐知ちゃんと俊作ちゃんの、ほんとうのおっ母さんになるんだって」

「それは良かった。実母は渡り中間と不義密通して、佐知と俊作を捨てて、駆け落ちした。ふたりには、愛情込めて世話をしてくれる母親が必要だ。はたで見ていたおれには、いつもお俊とふたりの子は、実の母子としかおもえなかった。お俊は、よい決心してくれた」

笑みを向けて、お紋がいった。

「お滝姐さんが、旦那にはいい話をしてもらった。おかげで、藤右衛門親方とは、こころを許して話し合える仲になって、末永く付き合っていこうと決められた。ただひとつだけ、大滝の旦那に逆らうようなことになるかもしれないけど、譲れないことがある」

「お滝は、何をやりたいのだ」

問いかけた錬蔵にお紋がこたえた。

「藤右衛門親方の死に水だけはとりたい、とお滝姐さんがいっていた」

笑みをたたえて、錬蔵がいった。

「お滝が藤右衛門の死に水だけはとりたいと、それだけは譲れないというのか。藤右衛門が聞いたら、表向きは仏頂面をしていても、こころのなかでは喜ぶだろう。ぜひ藤右衛門の死に水をとってやってくれ、とおれがいっていたとお滝につたえてくれ」

微笑みを返して、お紋がいった。

「つたえる。聞いたら、お滝姐さん、きっと大喜びするよ。これで、誰はばかることなく、藤右衛門親方の死に水がとれる、といってね」

笑顔で錬蔵がうなずいたとき、弾けるような子供の笑い声が響いた。

声のしたほうを振り向いた錬蔵とお紋の目に、俊作を肩車した前原と佐知の手を引いたお俊の姿が映った。

にわかに甘えたくなったのか、お紋がさりげなく錬蔵の手を握る。

その手を錬蔵が握り返した。

微笑んで、お紋が錬蔵を見つめる。

「旦那」

「何だ」

「楽しいね」

無言で錬蔵が笑みを向けた。

再び、子供の笑い声が響き渡る。

今度は、ふたりの笑い声だった。

向けた錬蔵とお紋の目に、追いかけっこをしている佐知と前原、俊作とお俊が飛び込んできた。

それぞれの顔に、見る者のこころを和ませる、邪気のない笑いが浮かんでいる。

たおやかな陽光が、八幡宮の境内に降り注いでいた。

時を忘れたかのように触れ合い、戯れ合って笑い合う前原と佐知、お俊と俊作の姿を、優しく、包み込むような眼差しで錬蔵とお紋が見入っている。

【参考文献】

『江戸生活事典』三田村鳶魚著　稲垣史生編　青蛙房
『時代風俗考証事典』林美一著　河出書房新社
『江戸町方の制度』石井良助編集　新人物往来社
『図録　近世武士生活史入門事典』武士生活研究会編　柏書房
『図録　都市生活史事典』原田伴彦・芳賀登・森谷尅久・熊倉功夫編　柏書房
『復元　江戸生活図鑑』笹間良彦著　柏書房
『絵で見る時代考証百科』名和弓雄著　新人物往来社
『時代考証事典』稲垣史生著　新人物往来社
『考証　江戸事典』南条範夫・村雨退二郎編　新人物往来社
『新編　江戸名所図会　～上・中・下～』鈴木棠三・朝倉治彦校註　角川書店
『武芸流派大事典』綿谷雪・山田忠史編　東京コピイ出版部
『図説　江戸町奉行所事典』笹間良彦著　柏書房
『江戸・町づくし稿―上・中・下・別巻―』岸井良衞　青蛙房
『江戸岡場所遊女百姿』花咲一男著　三樹書房

『江戸の盛り場』海野弘著　青土社
『天明五年　天明江戸図』人文社

浮世坂

一〇〇字書評

切・り・取・り・線

購買動機（新聞、雑誌名を記入するか、あるいは○をつけてください）	
□（　　　　　）の広告を見て	
□（　　　　　）の書評を見て	
□ 知人のすすめで	□ タイトルに惹かれて
□ カバーが良かったから	□ 内容が面白そうだから
□ 好きな作家だから	□ 好きな分野の本だから

・最近、最も感銘を受けた作品名をお書き下さい

・あなたのお好きな作家名をお書き下さい

・その他、ご要望がありましたらお書き下さい

住所	〒				
氏名		職業		年齢	
Eメール	※携帯には配信できません		新刊情報等のメール配信を 希望する・しない		

この本の感想を、編集部までお寄せいただけたらありがたく存じます。今後の企画の参考にさせていただきます。Eメールでも結構です。

いただいた「一〇〇字書評」は、新聞・雑誌等に紹介させていただくことがあります。その場合はお礼として特製図書カードを差し上げます。

前ページの原稿用紙に書評をお書きの上、切り取り、左記までお送り下さい。宛先の住所は不要です。

なお、ご記入いただいたお名前、ご住所等は、書評紹介の事前了解、謝礼のお届けのためだけに利用し、そのほかの目的のために利用することはありません。

〒一〇一-八七〇一
祥伝社文庫編集長　坂口芳和
電話　〇三（三二六五）二〇八〇

祥伝社ホームページの「ブックレビュー」からも、書き込めます。
www.shodensha.co.jp/bookreview

祥伝社文庫

浮世坂（うきよざか）　新・深川鞘番所（しん・ふかがわさやばんしょ）

令和 2 年 5 月 20 日　初版第 1 刷発行

著　者　吉田雄亮（よしだゆうすけ）

発行者　辻　浩明

発行所　祥伝社（しょうでんしゃ）

東京都千代田区神田神保町 3-3
〒101-8701
電話　03（3265）2081（販売部）
電話　03（3265）2080（編集部）
電話　03（3265）3622（業務部）
www.shodensha.co.jp

印刷所　堀内印刷
製本所　積信堂

カバーフォーマットデザイン　中原達治

Printed in Japan ©2020, Yūsuke Yoshida　ISBN978-4-396-34633-1 C0193

祥伝社文庫の好評既刊

吉田雄亮　花魁殺（おいらんさつ）　投込寺闇供養

源氏天流の使い手・右近が、女郎を生贄（いけにえ）にして密貿易を謀る巨悪に切り込む。迫力の時代小説。

吉田雄亮　弁天殺　投込寺闇供養【二】

吉原に売られた娘三人と女衒（ぜげん）が殺され、浄閑寺に投げ込まれる。吉原に遺恨を持つ赤鬼の金造の報復か？

吉田雄亮　深川鞘番所（ふかがわさやばんしょ）

江戸の無法地帯、深川に凄い与力がやって来た！　弱者と正義の味方——大滝錬蔵（おおたきれんぞう）が悪を斬る！

吉田雄亮　恋慕舟（れんぼぶね）　深川鞘番所②

女掏摸・お俊（しゅん）を助けた錬蔵。巷を騒がす盗賊夜鴉（よがらす）とは？　芽生える恋、冴え渡る剣！　鉄心夢想流が悪を絶つ！

吉田雄亮　紅燈川（こうとうがわ）　深川鞘番所③

やくざの勢力均衡が崩れ、深川の掟を破る凶賊出現！　蛇の道は蛇。錬蔵のとった手は……。〝霞十文字〟唸る！

吉田雄亮　化粧堀（けわいぼり）　深川鞘番所④

悪の巣窟・深川を震撼させる旗本一党の悪逆非道を断て!!　深川を守るべく、錬蔵が奇策を放つ！

祥伝社文庫の好評既刊

吉田雄亮　**居残り同心 神田祭**

神田明神で三人が殺され、浅草でも香具師が殺された。裏には幕閣の存在が。弦太郎、「悪」を追いつめる！

吉田雄亮　**新・深川鞘番所**

同心姿の土左衛門。こいつは、誰だ。仙台堀で一刀のもとに斬られた水死体。凄腕の刺客を探るべく、鞘番所が動く！

吉田雄亮　**未練辻**　新・深川鞘番所②

どうしても助けたい人がいる——血も涙もない非道な押し込みに、鞘番所の面々が立ちはだかる！

小杉健治　**札差殺し**　風烈廻り与力・青柳剣一郎①

旗本の子女が自死する事件が続くなか、富商が殺された。頬に走る刀傷が疼くとき、剣一郎の剣が冴える！

小杉健治　**待伏せ**　風烈廻り与力・青柳剣一郎⑩

剣一郎、絶体絶命!!　かつて取り逃がした、江戸中を恐怖に陥れた殺し屋との因縁の対決！

小杉健治　**まやかし**　風烈廻り与力・青柳剣一郎⑪

市中に跋扈する非道な押込み。探索命令を受けた剣一郎が、盗賊団に利用された侍と結んだ約束とは？

祥伝社文庫の好評既刊

小杉健治
子隠し舟
風烈廻り与力・青柳剣一郎⑫
江戸で頻発する子どもの拐(かどわ)かし。犯人捕縛へ〝三河万歳(みかわまんざい)〟の太夫に目をつけた青柳剣一郎にも魔の手が……。

小杉健治
追われ者
風烈廻り与力・青柳剣一郎⑬
ただ、〝生き延びる〟ため、非道な所業を繰り返す男とは？ 追いつめる剣一郎の執念と執念がぶつかり合う。

小杉健治
詫び状
風烈廻り与力・青柳剣一郎⑭
押し込みに御家人・飯尾吉太郎(いいおきちたろう)の関与を疑う剣一郎。そんな中、倅(せがれ)の剣之助から文が届いて……。

小杉健治
向島心中
風烈廻り与力・青柳剣一郎⑮
剣一郎の命を受け、剣之助は鶴岡へ。哀しい男女の末路に秘められた、驚くべき陰謀とは？

小杉健治
袈裟(けさ)斬り
風烈廻り与力・青柳剣一郎⑯
立て籠(こ)もった男を袈裟懸(けさが)けに斬り捨てた謎の旗本。一躍有名になったその男の正体を、剣一郎が暴く！

小杉健治
仇返(あだがえ)し
風烈廻り与力・青柳剣一郎⑰
付け火の真相を追う父・剣一郎と、二年ぶりに江戸に帰還する倅・剣之助。それぞれに危機が迫る！

祥伝社文庫の好評既刊

小杉健治　**春嵐**（上）　風烈廻り与力・青柳剣一郎⑱

不可解な無礼討ちをきっかけに連鎖する事件。与力の矜持と正義を賭け、剣一郎が黒幕の正体を炙り出す！

小杉健治　**春嵐**（下）　風烈廻り与力・青柳剣一郎⑲

事件は福井藩の陰謀を孕み、南町奉行所をも揺るがす一大事に！　巨悪に立ち向かう剣一郎の裁きやいかに？

小杉健治　**夏炎**　風烈廻り与力・青柳剣一郎⑳

残暑の中、大火が発生。その影には弱き者たちを陥れんとする悪人の思惑が……。剣一郎、執念の探索行！

小杉健治　**秋雷**　風烈廻り与力・青柳剣一郎㉑

秋雨の江戸で、屈強な男が針一本で次々と殺される……。下手人の正体とは？　冴える剣一郎の眼力！

小杉健治　**冬波**　風烈廻り与力・青柳剣一郎㉒

下手人は何を守ろうとしたのか？　事件の真相に近づく苦しみを知った息子に、父・剣一郎は何を告げるのか？

小杉健治　**朱刃**　風烈廻り与力・青柳剣一郎㉓

殺しや火付けも厭わぬ凶行を繰り返す朱雀太郎。その秘密に迫った青柳父子の前に思いがけぬ強敵が――。

〈祥伝社文庫　今月の新刊〉